CONSTANZE DAVID

Der Zigarrenmann

AF186690

CONSTANZE DAVID

Roman

Bibliografische Information der Deutschen Nationalbibliothek:
Die Deutsche Nationalbibliothek verzeichnet diese Publikation in der
Deutschen Nationalbibliografie; detaillierte bibliografische Daten sind
im Internet über dnb.dnb.de abrufbar.

©Uscoda-Publishing
(Uschi Constanze David, http://uschiconstanzedavid.de)
2. überarbeitete Ausgabe, Oktober 2019
von Uschi Constanze David
Herausgegeben von Uscoda Publishing
Satz und Layout: Benisa Werbung
(Sabine Albrecht, www.benisa-werbung.de)
Foto und Umschlaggestaltung: © Markus Ernst
Lektorat/Korrektorat: Uscoda publishing
Herstellung und Verlag:
BoD – Books on Demand, Norderstedt
Printed in Germany
ISBN: 978-3-749485963

Du bist ins Leere entschwunden,
aber im Blau des Himmels hast du
eine unfassbare Spur zurückgelassen,
im Weben des Windes unter Schatten
ein unsichtbares Bild. (Rabindranath Tagore)

~ EINS ~

Einleitung

Wann drang sein Name zum ersten Mal an mein Ohr? Ich kann mich nicht mehr genau daran erinnern, da es schon so viele Jahre her ist und das Vergessen lang. Spuren verwischen sich in der Weite des Rückblicks. Jedenfalls war ich noch ganz jung und räkelte mich wohlig in dem Wissen anderer, als ich zum ersten Mal von diesem Rudelbumser hörte. Das muss irgendwann in den 1970ern gewesen sein. Er war ein Draufgänger, wie man ihn nicht besser hätte erfinden können. Als Experte für Feuchtgebiete erschloss und genoss er Frauen wie am Fließband. Sex war neben Zigarren und Rotwein in ziemlich unverfälschter Manier Daniel Barons Lebenselixier. Er war der Typ, der einen Joker nach dem anderen zu ziehen schien: Lässiges Studium, umwerfende Frauen, guter Job und unaufhaltsame Karriere.

Ich hatte ihn über eine gemeinsame Freundin kennengelernt und tummelte mich eine Weile vergnügt im Umfeld seiner Clique. Dabei erlebte ich hautnah, dass er dem Ruf, der ihm vorauseilte, mehr als gerecht wurde. Wir steckten so manche Nacht im gleichen Umfeld fest und feierten das Leben bis in den frühen Morgen und darüber hinaus. Ungeniert, zügellos und ohne an ein Danach zu denken, versteht sich. Es war eine coole Zeit. Ausschweifend und nachttrunken. Beide legten wir uns keine Hemmungen auf. Wozu auch? Sein Lieblingssatz damals lautete: »Man muss durchblicken«. Den brachte er so überzeugend philosophisch, denn er war ein großer Meister des Small-Talks, dass nur Insider, wie beispielsweise Edgar und ich, wussten, dass damit die Kleidungsstücke weiblicher Wesen gemeint waren – vor allem aber das, was sich mehr oder weniger darunter verbarg. Meiner lautete: »Drinnen ist es schöner als draußen.« Daniel schien alles andere als ein Typ zu sein, der innerhalb von Sekunden die Chance seines Lebens verpasst, um schließlich für den Rest des Lebens ein vom euphorischen Glücksrittertum Verschonter zu bleiben. In das Meer des Weltschmerzes einzutauchen, war ihm so fern und fremd wie einem Tier das Bedauern. Aber ach, wie schnell machen wir uns ein Klischee zu eigen, hegen feste Vorstellungen über uns und andere, ziehen unsere Schubladen fleißig auf und zu und vergessen dabei letztlich, sie regelmäßig aufzuräumen.

ZWEI

Memento mori

Am 18. Juli 2001 traf ich die Schwester von Daniel Baron, mit der ich einst eine flüchtige Freundschaft gepflegt hatte, in der Oper. Sie erzählte mir mit Tränen in den Augen von seinem in ihren Augen viel zu frühen Tod und lud mich ein, am Wochenende in sein Haus zu kommen, wo sie gerade mit der Haushaltsauflösung beschäftigt war. Sie hoffte auf meine Bereitschaft, einiges von den dort gehorteten Zigarrenbeständen zu übernehmen. Damit lag sie richtig. Ich nahm diese Gelegenheit gerne wahr, günstig an Genüsse heranzukommen, denen ich gelegentlich euphorisch fröne. Ich gehöre nämlich zu der weit unterschätzten Zahl derer, die eine gute Havanna zu rauchen und zu schätzen wissen. Eine kleine, aber nicht unbedeutende Gemeinsamkeit mit Baron, der edlen Zigarren verfallen war. Er hielt sie für große Damen, die einen betörenden, unvergleichlichen Duft verströmen – einen Duft, der ihre großartige Herkunft aus den flutenden Feldern Kubas verriet. Der Mann war zweifellos ein Kenner. Ich wusste, dass auf ihn Verlass war, was exzellente Zigarren betraf. Nur half ihm das zwischenzeitlich nichts mehr. Zuletzt gehen eben alle Zigarren in Rauch auf.

Also fuhr ich am nächsten Sonntag hinaus aufs Land. Dort hatte sich Baron vor etwa sieben Jahren ein altes Haus gekauft und es umbauen lassen. An den Bauernhof, der im Spätmittelalter erbaut worden war, erinnerte nur noch ein winziges Bauerngärtchen zur Straßenseite hin. Ansonsten war aus dem einstigen, fast schon aufdringlich anheimelnden Fachwerkhaus, wie die Bilder dokumentierten, die an den Wänden des Eingangsbereichs hingen, ein lichtes Gebäude mit schwingenden Treppen und luftigen Ausblicken geworden, dem eine gewisse Modernität nicht abzusprechen war. Die vor Behaglichkeit ächzenden Zimmer hatten sich in ein neues Etwas verwandelt, das exquisit genannt werden konnte. Das Alte lebte aufgefrischt in einem großen Eichenportal weiter, das einschmeichelnd ins Innere lud, und in den dunklen Balken, die es wie ein gestärktes Klettergerüst durchzogen. Wie viele Wunden das Verputzen diesem Fachwerkbau geschlagen hatte, ließ sich nur vermuten. Der Anpassungstrend an den Steinbau jedenfalls war unverkennbar. Aber auch hier gab es wie so oft zwischen Verstümmelung und Neugestaltung einen fließenden Übergang, der im Inneren des Hauses zu einem unvergleichlichen Ergebnis geführt hatte.

Ich ging voller Staunen durch dieses Haus, das sich von der Stadtwohnung Barons, die vor mehr als fünfzehn Jahren einen hypercoolen Eindruck bei mir hinterlassen hatte, deutlich unterschied. Hinzukam, dass die moderne Einrichtung so geschickt mit antiken Möbeln vermischt war, dass eine besondere Atmosphäre behaglicher Schwerelosigkeit entstand, in der man sich auf Anhieb zuhause fühlen konnte. Ellen Baron führte mich herum.

Schließlich landeten wir in einem kleinen Raum. Dort lagerten die Schätze, die mich neben meiner Neugier hierher geführt hatten. Baron hatte ein halbes Leben lang Zigarren zelebriert, wie ich das auch tue. Ich nahm einen tiefen Atemzug. Ein zartwürziger Duft durchzog dieses nach Norden ausgerichtete Erdgeschosszimmer. Ruhende Havannas! Was für ein beglückendes Odeur! Sie entfalten sich bei richtiger Lagerung und Pflege in aller Stille wie guter Wein. Leben weiter, um zu werden, was sie wirklich sind. Um innerhalb von Jahren zur Vollendung zu gelangen. Jede auf ihre Art und zu einem ganz bestimmten Zeitpunkt. Es musste ihm schwergefallen sein, Abschied zu nehmen. Für einen Genussmenschen ist es nie genug. Sein Abgang mit gerade mal neunundvierzig Jahren hatte ihn unausweichlich um das Vergnügen gebracht, seine Lebensgenüsse mit jener Weisheit, Würde und philosophischer Gelassenheit zu versehen, mit der berühmte und oft zitierte Schriften das Alter rühmen. Ein vorweggenommener Verfall des Körpers, ein Scheitern vor der Zeit. War es ihm wenigstens vergönnt gewesen, zu seiner persönlichen Vollendung zu gelangen? Ich schaute seine Schwester an, blieb vor dem Zigarrenlagerschrank mit Feuchte und Temperaturanzeige stehen, der dieses Zimmer auf höchst ungewöhnliche

Weise beherrschte, taxierte den herrlichen Humidor, sozusagen eine Mini-Feuchte-Truhe für die edel-würzigen Teile, der auf einem kleinen Tischchen in der Nähe des Fensters stand und verspürte plötzlich unbändiges Mitleid. Erscheint Ihnen das merkwürdig? Für die Lustverfallenen hege ich eben eine gewisse Bewunderung – und ich stehe dazu.

»Möchtest du eine rauchen?«, fragte mich Ellen leise. Ich zögerte. Blickte sie zweifelnd an. Der richtige Zeitpunkt ist wichtig, wenn es darum geht, sich einer Zigarre zu widmen. Ob diese Gelegenheit dazu geeignet war, schien selbst mir fraglich. Ellen unterbrach meine Gedanken, indem sie sagte: »Dann leiste ich dir mit einer Zigarette Gesellschaft«. Ich rief mir in Erinnerung, dass es für jeden Zeitpunkt die passende Zigarre gibt. Doch erst der Blick, den ich zusammen mit Ellen in den Humidor warf, gab schließlich den Ausschlag. Denn sofort sprang mir eine »Petit Partagas« ins Auge, die wie geschaffen schien, für diesen Augenblick der von feinwürziger Trauer umwehten Wiederbegegnung mit einem Leben post mortem oder dem, was von diesem Leben übrig war. Der Geschmack dieser Havanna ist immer ausgeprägt, nachhaltig und nie enttäuschend, hinterlässt auf dem Gaumen aber manchmal eine leichte Bitterkeit. Angesichts der Situation schien mir diese Zigarre die richtige zu sein. Wir gingen also eine rauchen, nahmen in dem großzügigen Wohnessbereich Platz, von dem aus man durch eine Glaswand einen herrlichen Blick auf den Seerosenteich im hinteren Garten genießen konnte. Libellen tanzten über den weit geöffneten weißen Blüten, die umringt von ihren hellgrünen Blättern ungemein bezaubernd wirkten. Ellen forderte mich auf, mit ihr zusammen ein Glas Weißwein zu trinken. »Der Weinkeller ist eine Aufgabe für sich«, seufzte sie. Das klang so, als ob ich ihr helfen sollte, ihn zu leeren. Dazu verspürte ich jedoch keine Lust. Mich plagte das Bedürfnis nach einem kräftigen Kaffee, den ich dann auch bekam. Ellen und ich pflegten einen offenen Umgang miteinander.

Da saßen wir nun, vergeistigten Trauer in Rauch und schwiegen. Ich betrachtete diese durchaus nicht unattraktive Frau in den Vierzigern und fragte mich – übrigens nicht zum ersten Mal – weshalb sie Single war und eine Verfolgte des Unglücks in der Liebe. Früher einmal, das wusste ich, war sie mit einem Kumpan ihres Bruders liiert gewesen. Von seiner Seite aus hatte das nicht allzu lange gehalten. Sie jedoch trauerte der Liaison eine kleine Ewigkeit nach. Das war die Zeit gewesen, als ihr Bruder noch studierte und eher Weizenbier als Wein trank. Damals erlebte ich ihn in der Szene und las ihm den Salonlöwen trotz seiner ausgeprägten Jungenhaftigkeit bereits an der Nasenspitze ab. Auf seine Art ein schöner Mensch. Ein wenig kantig zwar im Gesicht und mit leichtem Bauchansatz, dabei volles Haar und funkelnd grüne Siegeraugen, meist sonnengebräunt, ein Lebemannlächeln im Gesicht, das manchmal auch sanft und weich sein konnte, meistens jedoch anzüglich wirkte. Eine gerade Stirn, die in ihrer kraftvollen Verbindung zur Schläfe, Wange und Unterkiefer an die Skulpturen romanischer Ritter erinnerte. Etwas Kraftvolles, Bezwingendes ging von diesem Löwenschädel aus, ein unsichtbares Waffengeklirr.

Baron war einer jener germanischen Typen, die einmal Gallien erobert, unterworfen und daraus das Frankenreich gemacht hatten. Er war ein Siegertyp. Einer mit Charisma, aber von einer gewissen Skrupellosigkeit geprägt. Er fehlte bei keiner Vernissage und bei keinem wichtigen Event. Seine Abende verbrachte er entweder in der Szene oder auf Partys. Wurde eine Bilder- oder Skulpturenausstellung eröffnet, sang und spielte ein Star oder gab es sonst eine Show, konnte man sicher sein, ihn dort anzutreffen. Woher ich das weiß? Abgesehen von einem winzigen Unterschied, ähnelten wir uns. Auch ich zog um die Häuser, auch ich wollte das Leben in mich einsaugen, saufen wie Wein und keinen Tropfen dabei verschütten. Bei Baron spielten dabei immer drei Dinge eine Rolle: weibliche Wesen, mit denen er flirtete, ein Glas in der einen Hand, aus dem er trank und das bei ihm, selbst wenn es sich um ein Bierglas handelte, stets den Charakter eines Cocktailglases annahm und in der anderen Hand eine Zigarre, an der er genüsslich zog. Er hatte trotz Jeans, sportlichem Sakko und enormer Ungezwungenheit den Hauch jener situierten Herren an sich, die sich einst in exklusiven Clubs tummelten und mondänen Frauen den Hof machten. Er war ein Salonheld mit Rolls-Royce-Appeal. Da er zu diesem Zeitpunkt noch weit und breit der einzige in seiner großen Clique war, der inmitten des vergnüglichen Trubels Zigarren zelebrierte, hatte er den Spitznamen »Zigar« verpasst bekommen. Und diesen Spitznamen behielt er. Gerne, wie es schien. Mir war wie vielen anderen bekannt, dass er mächtig herumvögelte – auch wenn er gelegentlich eine sympathische, oft hinreißend natürliche, junge Frau zur festen Freundin hatte, die aus unserer Sicht stets zu bedauern war. Die Beziehung hielt meist nur für kurze Zeit. Denn nichts konnte seine Einstellung und seinen Lebensstil ändern. Er, der Sohn aus gutem Hause, dessen Großvater gleich nach dem Krieg mit irgendeinem Patent ein Vermögen gemacht hatte, war damit verwachsen wie eine Kletterpflanze mit dem Gerüst, um das sie sich rankt. Ein Bewusstsein, das sich in der ganzen Familie widerspiegelte und den richtigen Stallgeruch hervorbrachte. Nämlich die großbürgerliche Haltung, die Gesten, die Sprache und die Umgangsformen derer, die unsichtbar sichtbar tragen, sagen, tun, was man trägt, sagt und tut, wenn man von Haus aus dazugehören will. Aus diesem angeborenen Grund sah sich Baron auch gar nicht veranlasst, besonders moralisch zu handeln. Das überließ er lieber anderen. Bei ihm wurde Ehre durch die Art des Auftretens verkörpert, nicht jedoch zum Herzensmaßstab gemacht. Mann musste schließlich durchblicken, versteht sich! Einige Jahre lebte er dennoch fest mit einer Frau zusammen, die ihn eine ganze Weile faszinierte, wie ich immer wieder vernahm. Vielleicht weil sie ebenso geburtsparfümiert war wie er. Es hieß, dass sie versuchte, ihn von seinen Lastern zu befreien, was selbstverständlich misslang. Ein Genussmensch will nicht gerettet werden.

Die Summe seiner Laster bleibt immer gleich, selbst wenn er sie wechselt oder eins gegen das andere austauscht. Als sie sich trennten, begann erneut eine ausgesprochen wilde Zeit im Leben des Zigars.

»Wann?«, fragte ich Ellen beiläufig, »haben sich dein Bruder und Carmen Roeder eigentlich getrennt?« Dabei lutschte ich genüsslich an meiner Zigarre, deren herber Saft sich bereits hinten zusammenzog. So ist das eben mit einer Petit. »Das war im Januar 1991«, erwiderte Ellen Baron. »Und ich kann dir sagen...«, fuhr sie fort, dass das wahrscheinlich sein Verhängnis war. »Sein Verhängnis?«, hakte ich mit Unschuldsmiene nach, obwohl ich genau wusste, wovon sie sprach.

~ DREI ~

Zigar 1991

Seine Koffer waren bereits gepackt. Einmal mehr würde er einer von fünfhundert Millionen Menschen sein, die in diesem Jahr weltweit verreisten. Er hatte die Nase gestrichen voll. Carmen war so überstürzt ausgezogen, dass er oft um fünf Uhr morgens aufwachte und von Trennungsgefühlen übermannt wurde. Und wozu die ganze Aufregung? Er war in den Jahren mit dieser großen, blonden Klassefrau auffällig treu gewesen. Okay, ein paar Seitensprünge hatte er sich erlaubt, das musste er zugeben, aber so what? Die hatten keine Bedeutung gehabt. Dennoch war nun alles für die Katz. Sein heftiges Dauerfaible für Diana war letztlich aufgeflogen, und das bloß, weil Diana Heidi kannte, die wiederum eine Freundin von Carmen war. Diese Verschwörung des Weiblichen hatte ihn allein in seiner Wohnung zurückgelassen. Er verstand Carmen nicht ganz. Immerhin hatte es eine Zeit gegeben, in der er gerne ein Kind mit ihr gezeugt und sie auch geheiratet hätte, während sie es wichtiger fand, ihrem Beruf als Lektorin nachzugehen, um unabhängig zu bleiben.

Unterstützt von ihrem millionenschweren Vater, prallte die Begeisterung seiner von ihrer Schönheit hingerissenen Anfangsliebe, kühl und eloquent an ihr ab. Und dann so ein Theater wegen dem bisschen Vögeln. Lächerlich! Einfach lächerlich! Wenn Frauen wussten, was sie wollten, sah der Mann kein Land mehr. Deshalb konnte man die wahre Liebe den Hasen geben. Eine Idee, nichts als eine Idee. Die Lust aber, ein Komet zu sein, mit feuerrotem, starkem Schweif, glänzend am blauen Firmament, unstet und rastlos hineilend durch das Gemüt der Frauen, glimmende Funken versprühend auf die reine Kühle des Herzens, das Feuer der Versuchung inszenierend, blieb ungebrochen. Feurio! Er liebte es, aufzuschnüren und zu verführen. Er bekam sofort Appetit, wenn er zartes weibliches Fruchtfleisch roch. Er war kein Kostverächter und würde nie einer werden. Auch mit Achtunddreißig war er noch bereit, abzuheben.

Am nächsten Tag, es war der 12. März 1991, flog er nach Bangkok, um von dort auf die Insel Koh Samui weiterzureisen, wo er mit Freunden verabredet war. Chris war ebenfalls dabei, weil Paul bei einem Treffen nicht die Klappe halten konnte und einfach gesagt hatte, »komm doch einfach mit«, ohne vorher Rücksprache mit ihm oder den anderen zu halten. Weil er Chris ganz amüsant fand, vor allen Dingen aber kein Fass aufmachen wollte, hatte er dem Vorschlag zugestimmt. Nun saß Chris ebenfalls in diesem Flugzeug, wie er festgeschnallt auf engstem Raum, und sagte gerade: »Ich komme mir vor wie ein Fisch, der sein Leben geopfert hat, um in einer

Dose das Fliegen zu lernen. Welcher Teufel hat mich bloß geritten, mit auf diese Reise zu gehen? Ich fange schon jetzt an, es zu bereuen. Aber hast du schon bemerkt...? Die Rothaarige neben mir wirft dir immer wieder flammende Blicke zu. Die sieht das offenbar völlig anders. Die würde wohl am liebsten auf dich draufhocken.« Daniel winkte ab. Er sah selbst, dass die Geilheit der Rothaarigen aus jeder Pore drang, konnte es förmlich riechen. Und es war auch klar, wen sie da anschmachtete. Das Objekt ihrer Begierde war ganz offensichtlich er. Das lenkte ihn ein wenig von diesem notdürftig bezogenen Sitzplatz ab, dessen billiger Stoff ihn dermaßen abstieß, dass er, noch bevor er sich darauf niederließ, eine Decke darauf hatte ausbreiten wollen. Da die Decke aber muffig roch, war er dann doch davor zurückgeschreckt und hatte das Teil stattdessen unter den Sitz gesteckt. »Mir graust auch davor, die nächsten elf Stunden auf diesen achtzig cm² zu verbringen, Chris! Aber lass uns bei Laune bleiben. Feldforschung ist übrigens ein durchaus geeignetes Mittel, sich abzulenken.«

»Diese Rothaarige ist wie geschaffen dafür, nicht wahr, Zigar?« Chris richtete sich wachsam, fast angestrengt auf. Daniel erhaschte dabei einen Blick auf die vorbeieilende Stewardess und nutzte den Moment, um zu fragen, ob es im Bordshop ein Fernglas zu kaufen gäbe, damit er dem Unterhaltungsprogramm folgen könne. Dem Rotschopf und dessen Blicke schenkte er ebenso wenig Beachtung wie der kleinen Provokation von Chris. Die Stewardess beantwortete seine, zweifellos von Ironie durchtränkte,

Frage mit einem Ja, was ihm ein breites Grinsen entlockte, zumal ihre Antwort weit weniger verbindlich klang, als Chris sich leicht flirtend ebenfalls nach dem Programm erkundigte. »Keine Ahnung!«, erwiderte sie und entschwand flugs. Daniel entschied nun, in aller Ruhe Feldforschung zu betreiben. Chris konnte er zu einem späteren Zeitpunkt ja einweihen. Momentan verspürte er jedoch wenig Lust, sich ihm anzuvertrauen und einen Austausch zu starten. Je länger er die Rothaarige beobachtete, desto sicherer wurde er sich in Bezug auf sie.

Ihr Pfläumchen juckte sie. Besonders wenn sie ein paar Gläser intus hatte, verspürte sie das heftige Verlangen, einen Mann aufzureißen – und er schien genau der Richtige dafür zu sein. Nur schade, dass er sich gelangweilt gab. Das reizte sie erst recht. Ihr standen bereits die Nippel stramm, wenn sie ihn bloß anschaute. Wie souverän und genüsslich der seine Zigarre bearbeitete. Der war hot und sie war hot. Was also sprach dagegen? Daniel lachte in sich hinein. Er genoss die Aufmerksamkeit des vibrierenden Lockenschopfes, der ihm über Chris hinweg heiße Blicke zuwarf. Seine Vorstellung, was in ihr ablief, war ziemlich exakt. Was für ein Pech für die etwas zu klein geratene Vollbusige mit dem leicht verlebten Gesicht! Sie entsprach nicht seinem Beuteschema. Er liebte Natürlichkeit, Frauen mit Klasse, die hinter ihrem kühlen Sex-Appeal das Rasseweib verbargen. Dieses weibliche Wesen hatte einen Anflug von Verruchtheit, der ihn kolossal irritierte. Er hatte das Gefühl, dass er die Finger weglassen sollte, auch wenn das lockige Etwas so stark nach Verführung roch, dass seine Testosteron-Ausschüttung definitiv angekurbelt wurde. Lässig drehte er sich zur Seite.

Später jedoch bei der Gepäckausgabe auf dem Flughafen in Bangkok stellte sie sich neben ihn und quatschte ihn an. Ob er sich ein Taxi mit ihr teilen würde, und ob er ein Hotel für sie wisse, da sie noch nichts gebucht habe, fragte sie. Ihre Ungeniertheit gefiel ihm. Dennoch warf er Chris einen Bitte-rette-mich-Blick zu, aber Chris gab sich ziemlich ungerührt, tat, als sei er meilenweit entfernt und hätte nicht das Geringste mit ihm zu tun. Das brachte ihn etwas ins Schleudern. Immerhin war der Rotschopf attraktiv und allein auf Reisen, und sein Gentleman sandte eindeutige Erregungssignale. Also schlug er ihr vor, mitzukommen, da er den Besitzer des Hotels, das er gebucht hatte, von anderen Besuchen in Bangkok gut kannte und sicher war, dass er sie unterbringen konnte. So geschah es dann auch.

Mitten in der Nacht klopfte es. Mit einem Schlummertrunk in der Hand betrat der Rotschopf das Zimmer, um sich zu bedanken.

»Lust auf einen Drink?« Auffordernd lächelte sie an.

»Hm?«

»Schwül hier drinnen«, meinte sie.

»Ich habe die Klimaanlage abgestellt, weil ich mir keinen Schnupfen holen will.« Regungslos blieb er nackt unter seiner dünnen Decke liegen und ließ sie mitsamt dem Schlummertrunk einfach in der Mitte des Raumes stehen. Sie tauschten ein paar belanglose Floskeln aus. Er vermied es bewusst, ihr irgendein

Signal zu geben, verhielt sich stattdessen abwartend und unbeteiligt. Schließlich machte sie auf dem Absatz kehrt und verschwand. Möglicherweise hielt sie ihn für schwul. Ihm konnte das egal sein.

Merkwürdige Geschichte. Eine schwüle thailändische Nacht. Eine reife Frucht, die bereit ist einem Mann in den Schoß zu fallen. Sogar eine gewisse ferne Romantik ist zu erahnen, doch der Mann, ein Genussmensch, hat keinen Appetit. Etwas hält ihn zurück. Am nächsten Morgen sind die Nacht, der Zauber und das Weib verflogen, was Erleichterung bei Daniel auslöste, wie er Chris mitteilte. Da ahnte er noch nichts vom Dickicht der Verstrickung in dieser Welt.

Er blieb für einen weiteren Tag in Bangkok. Denn er hatte etwas übrig für diese Stadt, die in ihrer flirrenden Staubhitze so manche Überraschung barg. Nicht zuletzt amüsierten ihn die Nutten, mit denen er nichts im Sinn hatte – eine einzige jugendliche Erfahrung dieser Art hatte ihm vollauf genügt. Er liebte die Vorfälle, die sich in ganz Bangkok bei Tag und bei Nacht abspielten. Gereifte Männer mit blutjungen Mädchen, die sich, häufig um ihre Familien zu ernähren, die Bananen und anderes zwischen die Beine schoben. Gestöhne und Seufzen hinter dünnen Wänden. Leises Flüstern und Kichern hinter dunklen Türen. Einige Male hatte er es im Vorübergehen schon gehört – das sanft hingehauchte »I love you«, für das die Welt einen Augenblick lang den Atem anhielt, bevor ein »how much do you pay me?« folgte. Er liebte es, im Hotel Oriental Tee zu trinken, manchmal auch einen Kognak. In dieser Oase des Komforts war es nach dem lärmenden Glitzern der Straßen und dem glühenden Pochen des Asphalts angenehm ruhig und kühl. Von der Hotelterrasse aus sah er an diesem Tag dem trägen Strömen des Chao Phraya zu. Die Wassermasse faszinierte ihn. Ihm war bewusst, dass die Stadt der Engel ohne diesen Fluss der Könige nie die Bedeutung und Größe erlangt hätte, die sie heute innehielt. Zugleich aber fand er den gräulichen Strom abstoßend. Die Vorstellung, auch nur den kleinen Zehen hinein zu strecken, löste Ekel bei ihm aus.

In der darauffolgenden Nacht stand er im Traum am Fuße eines heimatlichen Hügels, alarmiert, weil er oben einen Indianer mit nacktem Oberkörper, Kriegsbemalung und Pfeil und Bogen sah. Obwohl ihn diese Tatsache verwunderte, war ihm sofort klar, dass es der an diesem Ort völlig deplacierte Indianer auf ihn abgesehen hatte. Genau in diesem Moment warf ihm der Indiander einen Blick zu. Da wusste Daniel mit einem Mal, dass die Gefahr abgewendet war. Denn der Indianer, der weder erkannt werden noch seinen Hinterhalt aufgeben wollte, rannte rasch zwischen alten Schlossmauern hindurch auf einem kleinen Weg in den Tannenwald hinein und war verschwunden, noch ehe Daniel sich rühren konnte. Aber er hatte ihm eine Warnung hinterlassen. Ein Geräusch weckte ihn. Es war ihm nicht vergönnt gewesen, im Traum die Verfolgung aufzunehmen oder das Rätsel des Indianers zu lösen. »Seltsamer Traum«, dachte er, und versuchte, seine Restmüdigkeit abzuschütteln. Es war Zeit weiterzureisen.

Auf der Fahrt zum Flughafen passierten sie in der Rajadamnon Straße das Demokratische Monument, das zur Erinnerung an die große Reform errichtet worden war, die Siam 1932 zum thailändischen Staat machte. Daniel streifte der Gedanke, dass 1932, das Geburtsjahr seiner Mutter, genau das Jahr war, in dem Zorn und Fanatismus in Deutschland endgültig Fuß fassten und damit die Welt ins Unglück riss. Er beglückwünschte sich zur Gnade der späten Geburt, zu seinem angenehmen, problemlosen Leben, das 1952 begonnen hatte. Der Golf von Siam wartete auf ihn, wo schmale Boote durch Palmenwedel oder kleine Schirme geschützt noch immer sanft durch das glänzende Wasser gleiten, umsäumt von herrlichen Palmenhainen und Sandstränden, in der Ferne weiche Hügelketten vom Dunst der Schwüle liebevoll umhüllt. Unterwegs nach Koh Samui kreisten seine Gedanken rund um den Globus: Er dachte an Simone in Sydney, die er beim Skilaufen in Zürs kennengelernt hatte, an Monica in Singapur, mit der er bei einem Drink im Shangri La ins Gespräch gekommen war, an Carmen zu Hause, für die er durchaus noch etwas empfand, an seinen Partner Michael, der die Anwaltskanzlei, die sie sehr erfolgreich zusammen betrieben, für ein paar Wochen mit den Sekretärinnen alleine schmeißen musste, und fühlte sich plötzlich abgeschlafft. Ein müder Löwe, dessen frauenbetörender Charme zur Attitüde erstarrt war. Ein Spieljunge, der allein mit seinen Förmchen im Sandkasten saß. Wie ein Stein plumpste er in seine eigenen Abgründe. Für einen winzigen, glasklaren Augenblick ahnte er, dass die Menschen seiner Jungenhaftigkeit, mit der er immer wieder neues, lebendiges Spielzeug zu sich heranzog, die Blässe und Überalterung ansahen. Sein schwanzbesessener Aktionismus war wie ein Dorfleben ohne Kirche. Doch wie sollte er Prinz Löwenherz in sich finden, wo doch sein Lebensnarkotikum Sex hieß? Und war nicht die an Treueschwüre gebundene Liebe immer auch das Ende der Liebe? Verriet nicht der, der seine Liebe begrenzte, die universelle Liebe, die er zu vielen Menschen hätte haben können? War es nicht ehrlicher, eine Frau für einen Moment, eine Minute oder eine Nacht intensiv zu lieben, als die fortgesetzte Lüge ständig nachlassender Intensität zu leben? Als er den hellen, durchdringenden Blick von Chris auf sich ruhen fühlte, verscheuchte er die Spinnweben seiner Gedanken und zündete sich eine Cohiba an. Er würde wie immer eine gute Zeit haben – auch auf Koh Samui. Punktum. Die Sonne brannte sengend nieder, als sie aus dem Taxi stiegen und die Anlagen betraten, in der sie Paul ohne Familie und Edgar mit neuer Flamme bereits erwarteten. Das Ressort hielt, was es beim Buchen versprochen hatte. Die Nächte im zauberhaften Palmengarten waren durchrauscht vom hellen Schein der Sterne, vom leisen Branden des phosphoreszierenden Meeres und vom geheimnisvollen Knistern der thailändischen Erde. Die Tage waren an zartsandige Buchten geschmiegt, an sanftmütige Freundlichkeit und buddhistische Gelassenheit. Dennoch wollte bei ihm keine Stimmung aufkommen, denn Paul, der unter der Hitze litt, war permanent unlustig und Edgar, der noch ganz im Bann seiner neuen Freundin stand, zog sich aus diesem Grund meistens aufs Zimmer zurück. Chris schien wie üblich über den Dingen zu schweben und der Rest war Schweigen. Nach über einer Woche hatte er die Nase voll und reiste ab, viel früher als geplant. Sein Lustbarometer war trotz seines guten Willens, happy zu sein, auf dem Nullpunkt angelangt. Er überließ Paul seiner schlechten Laune, Edgar seinem heftigen Verlangen, Chris sich selbst und kehrte leicht angereizt nach Bangkok zu seinem Hotelfreund Sinchai Tapehit zurück. Völlig ahnungslos, dass er durch sein Unterwegssein zu diesem unvorhergesehenen Zeitpunkt die Schicksalsfäden so verwirren würde, dass in ferner Zukunft Vergangenheit und Gegenwart nicht mehr zusammenpassen würden. Das heißgeliebte, üppige, wilde, leidenschaftliche, aufregende, giftige Grün und die dumpfe Melancholie der Tropen waren bereit, ihn zu verschlingen, auszuspeien und zu verzehren. Er würde das Gift mit sich nehmen, in seinen Körpersäften tragen und schließlich an ihm vergehen. Zu diesem Zeitpunkt war ihm das aber noch nicht bewusst.

Als Bangkok ihn wiederhatte, gewann Daniel Baron seine gute Laune zurück. Obwohl mit Verkehr überstrapaziert wie die meisten Großstädte dieser Welt, kehrte für ihn an diesem Fleck der Erde das Gefühl dahinfließender, schwereloser Zeit wieder, das er auf Koh Samui vermisst hatte. Er überquerte gerade die Jawarj Road, als ihm auf der gegenüberliegenden Straßenseite ein nicht ganz unbekannter rothaariger Lockenschopf ins Auge stach, der soeben in einen

Bus einsteigen wollte. Irgendein Impuls – vielleicht der, dass in dieser Millionenstadt fern der Heimat ein solcher Zufall zu überwältigend war oder der, dass sein Wunsch nach Geschlechtsverkehr wegen des ganzen Frusts auf Koh Samui drängender war als sein eigentlicher Frauengeschmack, veranlasste ihn, etwas für ihn eher Untypisches zu tun – nämlich lauthals zu rufen: »Hey, hey, hey – hallo!« Dass sie reagierte, kam angesichts des Geräuschpegels inmitten des bunten Treibens einem Wunder gleich. Dass sie den Bus wegfahren ließ, ohne einzusteigen, war wie das Lösen einer Fahrkarte für ein gänzlich anderes Verkehrsmittel. Sie hieß Brigitte Sickler und war ein mannstolles Weib mit einer Einstellung zu zwang- und schamlosem Sex, wie er es bei einer Frau selten erlebt hatte. Auf gewisse Art und Weise war er hingerissen und genoss es zutiefst. Andererseits erlebte er auch ein Gefühl schaler Irritation, das ihn immer wieder in ein Gefühl der Unruhe versetzte. Es war, als würden sich die erotischen Teufel ständig untereinander ein Bein stellen. Es war, als würde er einen Kardinalfehler inmitten lusttoller Liebe machen. Als man sich schließlich trennte, weil er nach Hause zurückflog, ihre Pläne interessierten ihn im Grunde wenig, tauschte man dennoch Adressen, um in einer sexuellen Dürre eventuell wieder einander zu fressen – naschen wäre nicht das richtige Wort gewesen.

~ VIER ~

Chris 2001

Ich stimme Hoimar von Ditfurth zu, der einmal geschrieben hat: »Die Bereitschaft der Menschen, zur Vermeidung zukünftiger Nachteile auf aktuelle Vorteile« (und Genüsse, würde ich gerne noch ergänzen) zu verzichten, ist in fataler Weise unterentwickelt.« Auf mich trifft das zu. Ich bin verrückt nach Kaffee, Zigarren und ab und an nach einem weichen Brandy, der nicht im Hals kratzt. Obwohl mir Kaffee oft Magenschmerzen bereitet, ich ständig an Heiserkeit leide und eine leicht vergrößerte Leber habe, bin ich nur selten bereit, auf diese Wohlstandsfreuden zugunsten meiner Gesundheit zu verzichten. Wir alle lieben unsere Schatten, haben sie schon als kleine Kinder tanzend zu fangen versucht und sie zu Wirklichkeitsmachern erklärt. Es ist, als wollten wir permanent unsere eigene Existenz herausfordern und an den Abgrund führen. Je materieller und je gieriger, dies geschieht, desto mehr nähern wir uns gleichzeitig der Auflösung und Auslöschung dieser von uns erschaffenen und angebeteten Welt. Steigender Wohlstand steigert nicht automatisch das Wohlbefinden. Ganz im Gegenteil. Das durch wirtschaftliches Wachstum erreichte Niveau von Wohlstand ist irgendwann kein Zugewinn mehr, sondern eine Herausforderung. Ein bestimmtes Maß an materiellem Lebensstandard ist vorteilhaft, aber noch lange kein Garant für Glück, Gesundheit und Wohlbefinden. Ist das nun schiere Machtlosigkeit oder nur pure Schwäche?

Jedenfalls verließ ich das Baron-Haus an diesem Tag mit Zigarren im Wert von mehreren Tausend Mark und einem älteren Humidor, den Ellen mir noch ganz zum Schluss spontan überreichte. »Er stand im Schlafzimmer von Daniel«, erklärte sie achselzuckend. »Was soll ich damit?« Also bedankte ich mich mehr als artig, denn sie hatte mir nicht nur die Bestände ihres Bruders für einen Bruchteil ihres eigentlichen Wertes überlassen, sondern krönte diese unverhoffte Großzügigkeit auch noch mit einem Geschenk. Gerne hätte ich ihr noch von der Reise damals erzählt – von dem, was ich wusste. Aber ich unterließ es, denn es hätte sie womöglich traurig gestimmt, wenn nicht sogar gekränkt.

Es gibt Tage, an denen Wolken wie dicke weiße Wattebäusche am leuchtend blauen Himmel hängen, zum Greifen nah herunterhängen. Flausche, reich an Konturen, in denen man sein Gesicht vergraben, in die man sich hineinwerfen möchte. Herrliche Gebilde, die sich von der dunklen Wolkenfront am gegenüberliegenden Horizont einfach losgesagt haben, die unschuldig umherdriften und uns betören. Manchmal durchziehen uns im Daseinsjubel unerklärlich luftige Kondensationen des Glücks.

Der Duft der Trauer, der aus dem alten Landhaus Daniel Barons hinter mir her wehte, konnte die Lebensfreude, die mich übermannte, nicht schmälern. Ich überließ mich der weißen Wolkenwonne, die sich vor mir auf dem Rückweg auftürmte, mit noch viel größerer Intensität als sonst. Wie verdammt schön das Leben war.

Am Abend dieses Tages öffnete ich in weihnachtlicher Stimmung den Humidor, den Ellen mir geschenkt hatte. Mit einem Hochgefühl erwartete ich in dieser Zauberschatulle weitere gewickelte und gerollte Schätze aus Kuba. Doch wurde ich in dieser Hinsicht enttäuscht. Die trockengelegte Minitruhe enthielt nichts außer einem dicken Umschlag, in dem wiederum Karten, Briefe, einige ausgedruckte Mails und Bankunterlagen ruhten. *Ich würde dir gerne ein Festessen kochen. Alles Liebe zum Geburtstag,* stand auf einer Kräuterstillebenkarte, die im Vordergrund, unterstützt von einer Olivenölflasche, mediterrane Genüsse versprach. Unterschrieben von *Mira.* Mir war dieser Name im Zusammenhang mit Daniel Baron kein Begriff. Die Karte war mit einem Poststempel versehen, der das Datum 21.-7. 00 trug. Das faszinierte mich. Von seiner Schwester wusste ich nämlich, dass ihm nicht vergönnt gewesen war, in der heimeligen Atmosphäre seines Hauses zu sterben, geschweige denn, dass jemand am Ende bei ihm war. Ellen selbst hatte ihrem Bruder zwar beigestanden, fühlte sich als Dauerbetreuerin jedoch überfordert, denn dafür hätte sie unbezahlten Urlaub nehmen müssen. Die geschiedene Mutter, eine energiegeladene Geschäftsfrau in den Fußstapfen des Großvaters, die ihrem Sohn sehr zugetan gewesen war und für das Nötige gesorgt hätte, war vor mehr als zwei Jahren mit knapp siebenundsechzig einfach tot vom Heimtrainer gefallen. Doch elf Monate vor seinem Tod hatte der todkranke Baron von einem weiblichen Wesen auf ansprechende Weise ein Geburtstagsessen angeboten bekommen. Die Frauen waren ihm anscheinend erst ganz kurz vor dem Ende ausgegangen. Was war geschehen? Da ich mich an diesem Abend auf dem Sprung zu einer Verabredung befand, bezwang ich meine Neugier, ließ die Holzschatulle einfach Holzschatulle sein und eilte davon. Die Nacht war so anregend, der nächste Tag so angefüllt, dass der zweckentfremdete Humidor samt seinem Inhalt aus meinem aktuellen Bewusstsein glitt wie eine Schlange vom Weg ins Gestrüpp. Ich vergaß ihn mehr oder weniger. Allerdings sah ich mich auch nicht veranlasst, den Behälter Ellen Baron zurückzugeben. Warum auch? Es gibt Bücher, die man unbedingt lesen möchte, und doch legt man sie weg und wartet auf den geeigneten Zeitpunkt, sie wieder zur Hand zu nehmen. Jahrelang später stellt man fest, dass dieser Zeitpunkt noch nicht gekommen ist, und nimmt sich erneut vor, diese Bücher zu lesen. Es gibt Dinge, denen man auf den Grund gehen möchte, doch fehlt die passende Gelegenheit, ihnen wirklich auf den Grund zu gehen. Eines Tages aber begegnet man ihnen wieder und erliegt der Versuchung, ihren Grund zu bezwingen. Eines Tages fällt einem das Buch wieder in die Hand. Man liest es und empfindet es als passend, es genau zu diesem Zeitpunkt zu lesen. Es gibt Geheimnisse, die man gerne lüften würde, doch zögert man, sie zu lüften. Bis ein Stück von diesem Geheimnis plötzlich in unserem Briefkasten liegt oder sogar bei uns anklopft.

Der Sommer hatte seinen Höhepunkt schon überschritten, als ich mich geglättet von der Sanftheit der Hügel in den Marken, der Stille in den Abruzzen, der Unberührtheit des Molise, der steinernen Wunderlichkeit Apuliens seidenmatt wieder dort einfand, wo sich das Zeugs auftürmte, zu dem ich offenbar zurückzukehren immer wieder bereit war. Mit den großartigen Gaben Italiens - Olivenöl, Wein, Pasta und Parmesan - im Gepäck kam ich am Abend des 9. September 2001 an. Überwältigt von Espressi, Zigarren und Kunst. Müde von langen Blicken, vielen Eistüten und von dem Wind, der plötzlich so schaurig schön um die Ecken der apulischen Masseria piff, in der ich zuletzt residiert hatte, dass mich das Gefühl ergriff, alle Geister, die Apulien ein Menschheitsalter lang heimgesuchten hatten, hätten zum Angriff geblasen. Daniel Baron war nicht vergessen, aber das Bedauern über seinen Tod und die leichte Trauer, die selbst von mir Besitz ergriffen hatte, waren vom Winde verweht und vom raschen Tempo des Lebens hinweggefegt worden. Aus den Augen, aus dem Sinn. Wir sind wunderliche Wesen. Das Schicksal jedoch spann bereits jenen heimlichen Faden, der das Unerhörte, das noch keiner gelauscht hatte, zu mir brachte. Es tauchte auf und tauchte ein. Aus den Tiefen der Vergangenheit brach es verwandelt ans Licht. Auf meinem Anrufbeantworter, den ich noch an diesem Abend abhörte, war eine leise, dennoch sehr nachdrücklich wirkende junge Frauenstimme zu hören, mit einem Namen, Mira Lind, der mir eben so wenig vertraut war wie die Stimme selbst, die mich bittend, aber nachdrücklich aufforderte, sie zurückzurufen. Da ich neugierig und gewissenhaft zugleich bin, wäre dies innerhalb einer Woche gewiss geschehen, hätten die Erdereignisse des Medienzeitalters mich nicht überschattet wie ein verkabelter, flimmernder Riesenbrocken, der so nah über den globalisierten Menschenhäuptern hing, dass sie ganz benommen davon wurden.

Verfolgte mich schon vor dem 11. September manchmal das Gefühl, die Vergangenheit reparieren, die Uhren der Weltgeschichte zurückdrehen zu wollen, so war dieses Empfinden nun an einem definitiven Punkt angelangt. Denn die Alternative war eine Paralyse, die mich mit Millionen anderer Menschen vor jene Bilderfülle bannte, die das Schockierende wieder und wieder frei Haus lieferte. Ich fühlte mich tagelang unfähig, meinem Alltag klar ins Auge zu sehen. Die Zeitgeschichte *live* überrollte mich wie eine unermesslich hohe Welle, in deren Strudel ich mich verlor, und von deren perfider Gewalt ich mich überwältigt fühlte. Eine reißerische Welle mit der Symbolkraft eines Ambosses flutete durch mein Gemüt und ließ es ohnmächtig und fassungslos zurück. Unweigerlich hatte das Tschernobyl des Terrors mir sein Mahnmal eingebrannt, hatte mich, wie die meisten anderen Menschen auch, immer wieder vor den

Fernseher gebannt und mich zum bildschirmsüchtigen Mitläufer gemacht. Genau in diesem Moment meines zeitgenössischen Lebens tauchte Mira Lind auf.

Sie klingelte an einem frühen Herbstabend an meiner Tür. Als ich öffnete, drang die modrige Kühle eines regenschweren Tages zu mir. Ich zog diese Abkühlung frustriert durch meine Nase bis zu jener Stelle in meinem Körper, die mir mitteilte, dass sich das Jahr von dieser Abkühlung nicht wieder erholen würde, dass der Winter seine kalte Klinge aus der Scheide gezogen und dem Sommer mit Hilfe des Herbstes ins Herz gerammt hatte. Vor meiner Tür aber stand so viel Liebenswürdigkeit, dass mir ganz weich ums Herz wurde. Das auffallend hochgewachsene, dabei sehr jung wirkende Mädchen, das diese empathische Wärme ausstrahlte, hatte ihr barockes rötliches Haar im Nacken zu einem lockeren Knoten geschlungen und sah mich aus ihren großen braunen Kulleraugen freundlich an. Sie war hübsch. Sehr hübsch. Dieser Typ Frau, der neben einer umwerfenden Figur über das bezaubernde Gesicht einer zeitlosen Kindlichkeit verfügt, das einen trunken vor Vertrauen machen kann. Sie nannte ihren Namen: Mira. In diesem Moment wusste ich plötzlich intuitiv, dass dieser Besuch mit Zigar und dem trockengelegten Humidor zu tun hatte. Ich bat sie herein. Übers Parkett gingen abwesende Schritte, und blaugrauer Zigarrenrauch zog durch die Räume, wie die Träume jenes Mannes, der nie wieder hierher gelangen konnte.

~ FÜNF ~

Zusammentreffen

Sie saß mir in meinem Wohnzimmer gegenüber und lächelte mich entschuldigend an.

»Es tut mir leid, dass ich sie einfach so überfalle, aber ich ...« Sie brach ab. Wohlwollen durchströmte mich. Ich schaute sie aufmunternd an. »Ellen Baron hat mir ihre Adresse gegeben.« Sie schluckte. »Das muss ihnen seltsam vorkommen, bitte verstehen sie mich nicht falsch«, sagte sie mit einer dunkler werdenden Stimme. Und ich hörte das Sprachlose darin, denn es brüllte wie Meer und Wellen, wenn sie vor Unruhe toben. Ich beugte mich zu ihr, konnte meine Neugier nicht bezwingen, fragte dieses bescheiden wirkende Wesen, das aussah wie 18, aber sicher älter war: »Wie alt sind sie eigentlich, Mira? Was sie zu mir führt, kann ich mir schon denken. Aber ich würde mich freuen, mehr über sie zu erfahren.«

»Ich, ich bin 27«, erwiderte sie überrumpelt, »und ich war mit Daniel Baron befreundet, und – jetzt ist er tot, und ich bin ...« Sie brach in Tränen aus. Ich spürte, wie das, was sie empfand, mich berührte. Aus unerhörten Tiefen stieg der Kummer, den sie

ausstrahlte, auch in mir empor, und trieb mir ebenfalls Tränen in die Augen. Was hatte uns Daniel, der
längst unter verwelkten Bouquets den Rest seines Daseins verwirkte, zum Erinnern gelassen, dass wir jetzt
hier saßen und heulten? Mira Lind zog einen Brief
aus ihrer großen Umhängetasche, faltete ihn ausein-
ander und hielt ihn mir hin. Ich las:

*Liebste Mira! Überrascht? Ich glaube nicht. Nachdem
du mir so aufgewühlt und liebevoll geschrieben hast,
Du Süße, war ja zu erwarten, dass ich dir antworten
würde. Ich war so froh, wieder von Dir zu hören.
Es bedeutet viel für mich, zu wissen, wo Du bist,
und wie es Dir geht. Es stimmt, dass ich krank bin.
Es geht mir beschissen. Ich werde Abschied nehmen
müssen, ob es mir nun gefällt oder nicht. Das Warten
auf Wunder hat mich müde gemacht, und doch liege
ich oft stundenlang schlaflos im Bett. Ob ich Dir ver-
zeihe, fragst du. Wie kannst Du nur fragen? Was soll
ich Dir verzeihen? Du hast meine letztendliche Fähigkeit, Dich zu lieben und zu verstehen, im Wesentlichen unterschätzt. Ich liebe Dich noch immer, eher
noch ein bisschen mehr. Und es freut mich unendlich,
dass sich dieses Gefühl, das heute ohne reale Basis
und ohne körperliche Nähe dasteht, über die größten
Durststrecken und schlimmsten Zeiten meines Lebens
gerettet hat. Zum ersten Mal in meinem Leben ist
mein Liebesgefühl nicht irgendeiner Gefühlsinflation
zum Opfer gefallen. Ganz im Gegenteil - die Liebe zu
dir ist die größte Konstante in meinem Seelenleben.
Ist das nicht wunderbar? Ein Gefühl bewahrt seine*

*Beständigkeit, ohne dass es Nahrung zum Überleben
braucht. Es hat sich losgelöst von der realen Existenz, durch die es einst verursacht wurde und hat
eine dauerhafte Heimat gefunden. Was meinst Du,
Liebes, die Du versucht hast, mir die höheren Welten
schmackhaft zu machen? Wird das Grab triumphie-
ren? Oder werde ich ein leuchtender Lichtpunkt im
Lichtermeer sein? Ach, es tut gut, an Dich zu denken,
Mira. Ich bin so froh, dass es Dich gibt. Es ist schön,
sich an alles zu erinnern, was mit Dir zu tun hat.
Und es ist schön, dass wir uns gelassen haben. WIR
werden uns nicht Abend für Abend vor einem kleinen flimmernden Kasten verlieren oder uns in einem
von Musik vollgedröhnten Auto anschweigen. DU
wirst mir nie verübeln, dass ich Dich früher nach
Hause gehen ließ, nur um noch ein wenig meinen
kleinen Lastern zu frönen oder dass ich Dich nicht
begleitete, als Du zu Deinen Zielen aufbrachst, weil
ich es vorzog, im vollklimatisierten Raum vor einem
Bildschirm zu sitzen und den Cursor zu bewegen.
Unbarmherzig sind die Gezeiten der Liebe. Denke
daran, wenn es nötig ist, daran zu denken. Und
freue Dich Deines Lebens! Die doktern wie die Blöden an mir herum. Dabei wollte ich nie als Sonder-
müll enden. Ich bin nur noch Haut und Knochen,
mein Kopf schmerzt, mein Magen rebelliert, mein
Dasein ist frustrierend. Manchmal überwältigt mich
Selbsthass, und hört nicht mehr auf. Schweißgebadet
wälze ich mich nachts im Bett hin und her, dem
Elend preisgegeben. Das Grauen durchdringt meinen
Körper und lässt mich ohnmächtig und verdüstert*

zurück. Böen der Verzweiflung jagen durch mich hindurch. Verdammt! Was bleibt? Werden wir uns vor meinem Tod noch einmal sehen? Ein Teil von mir hat ganz unvernünftig diese grenzenlose Sehnsucht nach Dir? Diesen Wunsch, Dir noch einmal in deine wunderschönen braunen Augen zu schauen. Ich glaube nicht. Der schlimme Schlingel hat seine kalten Klauen nach mir ausgestreckt. Er fängt bereits an, höhnisch lachend und unerbittlich zu ziehen. Ehrlich gesagt, bin ich froh, dass Du so weit weg bist, dass Du das nicht miterlebst, was hier mit mir geschieht. Und ich bin froh, dass wir konsequent Verhütung betrieben haben. Falls wir uns nicht wiedersehen sollten, Mira, Du mein Herz, dann suche nach meinem Ableben mit diesem Brief meine Schwester Ellen auf. Sie soll Dir den schönen Humidor aus Holz, den ich einst für Dich stilllegte, und der in meinem Schlafzimmer steht, aushändigen. Er enthält das, was ich Dir, ohne dass es innerhalb des Familienvermächtnisses und der Kanzleiverbindung Schwierigkeiten geben wird, hinterlassen und zurückgeben kann. Leb wohl, mein Liebling. Ich liebe Dich. Genieße dein Leben, schau nach vorn und nicht zurück. Versprich mir das. Denn das Leben ist zu kurz und zu schön, um es mit Rückblicken zu beschweren. Manchmal frage ich mich, wer Dich wohl heute zärtlich küsst, Geliebte, Du mit den unvergesslichen Augen, und ob Du mich dann und wann vergisst? Gibt es einen Mann, der Dir im Liebesbann so tief wie ich einst in die Augen schauen kann? Wirst Du geliebt wie damals, als ich Dich liebte? Liegt eine fremde Hand

in Deinen zarten Händen, streichelst Du einen Ande-
ren mit Deinem Blick? Denkst Du dennoch hin und
wieder an mich zurück? (An dieser Stelle sei es Dir
erlaubt.) Gibt es ein Fleckchen in Deinem Herzen,
wo es leise zieht und sticht? Ach, mein Liebling, wie
auch immer – vergiss mein nicht ganz. Daniel

Ich gab den Brief, der mit dem 7. April 2001 datiert
war, leicht erschüttert zurück. Dieses Poem offenbar-
te Seiten seines hinweggerafften Helden, die ich nie
vermutet hätte. Später würde ich sogar noch erfahren,
dass Baron diesen Brief, nachdem er ihn geschrieben
und adressiert, seiner Schwester mit der Bitte ausgehändigt hatte, ihn erst nach seinem Tod abzuschik-
ken. Mira begann aus unergründlichen Tiefen heraus
zu weinen. Entgeistert starrte ich sie an. Ich spürte
ihre Traurigkeit, einen dunklen Schmerz, der mein
Herz schüchtern anrührte. Eine Erinnerung stieg in
mir auf, die ich nicht benennen konnte, aber tief in
mir fühlte ich sie. Dieses Gefühl machte mich weich
und wehrlos. Das Verlangen nach einer Zigarre, um
diese traurige Sehnsucht in bitteren Rauch aufzulö-
sen, bemächtigte sich meiner. Ich holte meinen Be-
feuchter und griff nach einer Ramonitas, einer etwas
rauen Zigarre mit würzigem Reiz.

»Sie bekommen den trockengelegten Humidor
samt Inhalt von mir selbstverständlich ausgehändigt, machen Sie sich keine Gedanken«, sagte ich be-
schwichtigend, während ich die Zigarre vorbereitete.
»Ehrlich gesagt, ich habe nicht mehr als einen Blick
hineingeworfen und die Sache dann vergessen.«

Sie blickte mich mit ihren großen, glänzenden Augen dankbar an. Etwas an diesem Blick, aus dem Bescheidenheit, aber auch Entschlossenheit sprach, ließ mich verlegen erschauern. »Sie sind so nett«, schluchzte sie. Ich hüstelte. Nett war ein Begriff, den ich bezogen auf meine Person höchst fragwürdig fand. Ich bin besessen von Neugierde, liebe Puzzleteile, kann sie wie kaum ein anderer glänzend zusammensetzen und verdiene meinen Unterhalt als unbändiger Rechercheur fremder Leben und wilder Reportagen. Ein Charivari von Gedanken schwirrte in meinem Kopf herum. Daniel Baron, der Mann mit dem Playboy-Touch, den ich als einen imaginären Galeristen der schönen Mädchen kannte, der kühl-kantige Typ, dessen Herz stets so unberührbar geblieben war, hatte einen solchen Brief geschrieben. Das musste ich erst einmal verarbeiten. Dass er als Jurist gut formulieren konnte, wusste ich, aber die hinweggefegte Süffisanz, die Baron früher sein Eigen nannte, irritierte mich. Wo war der oberflächliche, spritzige Weiberheld geblieben, der sich keiner Frau je wirklich ergab? Etwas, das ihn übrigens verdammt anziehend gemacht hatte. Mira Lind musste mir diese Irritation an der Nasenspitze angesehen haben, denn sie fragte leise:

»Sie halten ihn doch nicht auch für einen total egoistischen, herzlosen Lebemann, der über Leichen geht?« Ich musste lachen. »Nein, nein!«

Natürlich nicht! Ich hatte diesen durch und durch vergnügungssüchtigen Menschen, hatte seine Fähigkeit, ein Ein-Mann-Amüsierbetrieb zu sein, bewundert. Hatte sein unermüdliches Verführen von Frauen neugierig beobachtet. Hatte ihn und das, was er verkörperte vielleicht sogar insgeheim bewundert. Nur meine Flügel wollte ich mir nicht an ihm verbrennen, auch nicht meine Leidenschaft auf ihn werfen. Die halte ich diskret unter Verschluss, damit sie nicht unnötig verschwendet wird. Aber ganz offensichtlich hatte diese bezaubernde junge Frau genau das getan, und nun saß sie vor mir und heulte sich die Seele aus dem Leib. Ich streckte meine Hand aus, um sie mit einem Tätscheln zu trösten. Genau in diesem Moment blickte sie mich so seelenvoll an, dass meine vermeintliche Autorität beschämt innehielt. Ich war mir plötzlich keineswegs mehr sicher, wer von uns beiden nun eigentlich reifer war, sie oder ich.

Die Welt ist ein wundervolles ineinander verflochtenes Meisterwerk. Und noch in einem anderen Punkt bin ich mir ganz sicher: Die Welt steckt voller Geheimnisse. Immer und zu allen Zeiten. Das mag merkwürdig klingen – angesichts einer Erde, die bis in den letzten Winkel entdeckt, erkundet und erforscht ist. Alexander der Große, Marco Polo, Columbus – sie hatten ungezählte Nachfolger. Kein Landstrich zu weit, kein Wasser zu tief, kein Berg zu hoch. Und dann die anderen: Isaac Newton, der lehrt und erklärt, warum uns Land, Wasser und Berg nicht einfach fortlassen, der die Zusammensetzung des Lichtes nachweist und Ebbe und Flut verständlich macht. Oder der schottische Mechaniker James Watt, der Vater der Maschine. Seinem Antrieb verdanken wir die beschleunigenden Erkenntnisse, die uns zu Erben der Industrialisierung machten. Am 29. August 1831 wird mit Hilfe von Magnetismus zum ersten Mal Elektrizität erzeugt. Die sogenannte »Induktion« ist entdeckt. Justus von Liebig erforscht erfolgreich die Mineraldüngung und steigert damit die Erträge von Feld und Flur. Louis Pasteur, Begründer der Mikrobiologie weist nach, dass es Kleinstlebewesen gibt, die bei Gärungs- und Krankheitsprozessen eine wesentliche Rolle spielen. Die Welt wird von Nikolaus August Otto im Vierertakt motorisiert. Derweil züchtet Robert Koch Bakterien und lehrt, wie man sie bekämpfen kann. Wilhelm Conrad Röntgen macht Menschen und Tiere mit Hilfe von Strahlung durchsichtig und erschließt damit neue Diagnosemöglichkeiten. Thomas Alva Edison bringt funktionierendes Licht in dunkle Nächte, fängt Schallwellen mit einem Trichter ein und schenkt den Menschen mit der Filmkamera ein drittes Auge. 1876 lässt es der amerikanische Taubstummenlehrer und Erfinder Graham Bell(!) klingeln. Die Nachrichtentechnik der Welt ist geboren. Fast zur gleichen Zeit reist der Wiener Sigmund Freud in das Innere der Menschen und lichtet damit ein Stück menschlicher Seele. Dass eine Lochkarte, mechanisch oder maschinell gelesen, sogar Musik von sich gibt, ist nicht nur ein Gag, sondern Wegbereiter der elektronischen Datenverarbeitung. Zusammen mit ihrem Mann lässt Marie Curie unsichtbare Teilchen sichtbar werden und läutet damit das Atomzeitalter ein. Albert Einstein relativiert Raum und Zeit. Von ihm stammt der Satz:

»Imagination ist mächtiger als Wissen. Phantasie ist alles.« Die Menschen lernen mit Hilfe von Maschinen fliegen. Zur Eroberung der Erde gesellt sich die Eroberung des Weltraumes. Der Mensch bricht zu den Sternen auf. Am 21. Juli 1969 betritt der Astronaut Neil Armstrong als erster Mensch den Mond. Mikrochips in der Größe von Fingernägeln zaubern seit Ende der 1970er Jahre Wissen und Welten ins traute Heim, und ein Ende dieser Entwicklung ist nicht in Sicht. Der Mensch gebraucht die Dimension der Dualität, um weitere Realitäten zu schaffen. Der Mensch entschlüsselt die Gene. Der Mensch lüftet unentwegt Geheimnisse. Der Mensch macht Magie zur Alltäglichkeit. Aber der Mensch schafft auch permanent Magie, oft ohne dass es ihm bewusst ist. In jedem Augenblick entstehen Myriaden von Geheimnissen, die für immer Geheimnisse bleiben. Jeder unausgesprochene, rankende Gedanke, der eine Verbindung herstellt, jede Verbindung ist ein Geheimnis. Was mag sich Newton wohl gedacht haben, als er unter seinem Baum der Erkenntnis saß und ihm der Apfel des Gravitationsgesetzes in den Schoß fiel. Hat er an Eva gedacht? Hat er den Apfel aufgegessen, bevor er seinen schmerzenden Schritt rieb oder trieb er seinen Schritt voran, weil es in ihm pochte? Was sind deine Geheimnisse, meine Kleine? Bist du bereit? Bist du bereit, sie preiszugeben? Mir preiszugeben? Ich hüstelte. Mein Lachen war in ein stilles, fast melancholisches Lächeln übergegangen, als ich fortfuhr:

»Ich mochte Daniel, Mira, aber ich habe ihn ganz offensichtlich distanzierter gesehen, als ihnen das möglich war und noch immer ist. Ich werde jetzt den trockengelegten Humidor holen, möglicherweise enthält er ja etwas, das ihre Trauer lindern kann?«

»Ja, danke, ich warte.« erwiderte sie, noch immer leise schluchzend. Ich stand auf, holte die Holzschatulle, überreichte sie ihr. Sie hielt sie in ihren Händen, blieb für einen Augenblick andächtig stehen. Dann fing sie erneut zu weinen an, heftiger als zuvor.

»Entschuldigung, dass ich mich so aufführe«, rief sie unter Schluchzen, »doch es tut so weh. Ich fühle mich schrecklich! Wenn ich daran denke, dass er starb, noch bevor ich zu ihm kommen konnte und dass ich ihn nun nie, nie wiedersehen werde, und wenn ich bedenke, wie edel er sich mir gegenüber verhalten hat und wie unrecht ich ihm tat, weil ich dem äußeren Anschein mehr vertraute als meiner inneren Stimme, kann ich mir nicht verzeihen. Ich hätte ihn nicht einfach so gehen lassen dürfen.«

Ich konnte nicht anders, ich musste sie in den Arm nehmen. Sie zitterte. Dieses Zittern übertrug sich auf mich, und ich legte die Ramonitas, die ich mir zwischenzeitlich angezündet hatte, wieder auf mein Zigarrenbänkchen. Eine leichenbittere Atemlosigkeit umfing uns. Etwas längst Überfälliges tropfte blutrot von den Wänden. Was für eine Situation! Ich versuchte mein Bestes, Mira Lind zu beruhigen. Aber irgendetwas verhinderte, dass ich dabei Erfolg hatte. Unsichtbare Schatten umtanzten uns. Wir ließen sie tanzen, was guttat. Denn Schatten, die man tanzen lässt, verlieren ihre Macht über uns. Irgendwann an diesem Abend ging sie dann. Nachdem sich herausgestellt hatte, dass sie extra früher aus New York angereist war, sie arbeitete dort bei einer großen deutschen Modefirma, um Daniel Baron wiederzusehen. Erst seit wenigen Tagen wusste sie, dass er tot war. Sein Vermächtnis an sie, den Humidor nahm sie mit, ohne einen Blick hineingeworfen zu haben.

Ich lag lange wach in dieser Nacht. Etwas Unfassbares war geschehen. Der Schwerenöter Zigar und dieses bezaubernde Wesen namens Mira Lind ... Und das bei seinem Verschleiß an Frauen ... Was veranlasst Menschen, in einer Flut von Lebensbegegnungen einander zu lieben über große Unterschiede, über sichtbare und unsichtbare Grenzen hinweg, von einer schlechtbeleuchteten Ecke zur anderen? Was? Und warum scheint manchmal inmitten von Leidenschaft und Liebe alles menschliche Miteinander plötzlich verflogen? Meine Neugierde plagte mich sehr.

~ SECHS ~

Recherche

Ob ich wollte oder nicht, Mira Lind und ihre Geschichte beschäftigten mich. Mein größtes Laster
neben den vielen kleinen ist meine Neugier. Ich
brannte vor Neugier. Ich ahnte den ergreifenden Lie-
besroman hinter diesen Tränen und Verwicklungen.
Die Spannung über Miras Schweigen steigerte sich
von Tag zu Tag. Ich hatte sie gebeten, mich anzuru-
fen, bevor sie nach New York zurückflog, was wohl
vor allem meinem Verlangen entsprang, in diese
Geschichte detailliert einzutauchen. Doch hörte ich
zunächst nichts mehr von ihr. In der Zwischenzeit
befragte ich so gut wie jeden Menschen in meinem
großen Bekanntenkreis zu Daniel Baron. Ich hoffte,
etwas zu erfahren, von dem ich noch nichts wusste.

»Hast du Daniel Baron auch gekannt?«

»Ja, warum?«

»Er ist dieses Jahr gestorben.«

»Scheußliche Geschichte.«

»Irgendeine komische Krankheit.«

»Der war innerhalb eines Jahres nur noch zehn
Prozent.«

»Ich habe gehört, dass er sehr krank gewesen sein soll.«

»Eine Lungenentzündung jagte die nächste.«

»Von seltenen Tumoren war die Rede.«

»Völlig am Ende war der.«

»Ich glaube, dass ich überhaupt noch nie jemand kannte, der auf einmal so elend beieinander war.«

»Das war ein Schock für mich, einen sonst vor Leben so leuchtenden Mann plötzlich so mager und ausgezehrt zu sehen ...«

»Ein gutaussehender Typ war das, bevor es mit ihm so bergab ging.«

»Ach ja, der.«

»Ich war mal sehr verliebt in ihn.«

»Der hatte doch ein Verhältnis mit Peters Frau.«

»Der hatte viele Verhältnisse.«

»Er hat nicht nur gefensterlt, sondern ist sozusagen ungeschützt über Dachfirste gewandert.«

»Soll ein sehr guter Anwalt gewesen sein, habe ich gehört.«

»Wirtschaftsrecht.«

»Der kannte sich auch in Wirtschaften ausgesprochen gut aus.«

»Zigar?«

»Tot?«

»Mein Gott, was ist passiert?«

»Der war doch so eine Lustmaschine.«

»Hat sich mit zwanglosem Sex geradezu narkotisiert und gegen die Liebe immunisiert.«

»Mit 36 sah der noch aus wie gerade, na sagen wir mal 28, obwohl er immer eine recht souveräne

Haltung an den Tag legte und irgendwie ziemlich satt rüberkam.«

»Auf einer Party vor vielen Jahren hat er mich mal gefragt, ob ich wüsste, weshalb Dirigenten und Generäle uralt würden? Ich sinnierte noch, als er grinsend zum Besten gab: »Weil es jung hält, anderen seinen Willen aufzuzwingen.«

»Ich glaube, dass er sich an das Motto »Sex, Drugs and Rock'n Roll« hielt.«

»Seine Maxime lautete, »Ein Mann muss durchblicken, und drinnen ist es viel schöner als draußen.«

»Vermisst du ihn?«

»Tja, nicht wirklich, nein oder doch ja, ein wenig schon. Aber möglicherweise vermisst ihn tatsächlich jemand. Einige Jahre vor seinem Tod hatte er nämlich eine junge, bildhübsche Freundin, die sehr an ihm hing. Mira Lind hieß sie, glaube ich.«

»Und er?«

»Er soll ziemlich vernarrt in sie gewesen sein, aber eben auf die übliche Tour, wie diese Typen halt so sind. Man darf auf der Gefühlsebene nicht zu viel von ihnen erwarten.«

»Was ist aus Mira geworden?«

»Ich weiß es nicht. Wir waren nicht näher mit ihr bekannt. Ich weiß nur, dass sie sogar eine Weile mit ihm zusammenlebte, in diesem alten Kasten, den er totschick modernisieren ließ, und dass er sie durch geknallt haben soll, was das Zeug hielt. Eines Tages aber war sie plötzlich weg. Wahrscheinlich hatte er gerade mal wieder seinen Schwanz in eine andere gesteckt, und sie damit verschreckt.«

Das fand ich dann doch etwas taktlos. Diese Mitwisser! Welches Spiegelscherbenstück des Teufels mag dem einen oder anderen von ihnen ins Auge oder gar ins Herz geflogen sein? Blieb nur die Hoffnung, dass auch ihnen ein Gretchen in den eisigen Saal der Schneekönigin folgen, heiße Tränen weinen und singen würde »Rosen, die blühen und verwehen, wir werden den Weihnachtsbaum sehen!«

Meine Neugier fing an, mich zu beschämen. Das Jahr flüchtete derweil seinem Ende entgegen. Kein Lebenszeichen von Mira, was ich sehr bedauerte. Ich war auf der Suche nach etwas, das zu benennen, mir schwerfiel, das mich aber umtrieb. Zeitverschlungen war ich. Die Tage rannten unhöflich bei mir ein und aus. Ich hörte sie nicht einmal mehr klopfen. Zeitverschlungen stand ich in der Schwebe des Lebendigen – dort, wo Himmel und Erde sich wehmütig berühren. Zeitverschlungen überließ ich mich der Traurigkeit, weil sie meiner Einsamkeit zu lauschen verstand. Zeitverschlungen ging ich meiner Sehnsucht nach, dem Wirklichen zu begegnen. Zeitverschlungen eilte ich. Wohin?

Zum ersten Mal seit vielen Jahren entzückte mich jedoch der Winter, trotz meiner Abneigung gegen Kälte. Ich erkannte in diesen sternenklaren Nächten, in denen der Mond mal als eisgekühlter Zitronenschnitz, mal als wächserne Maske, mal als betörender Lampion am Firmament hing und mehr noch in diesen kurzen, zarten, entlaubten Tagen deutlicher als jemals zuvor, dass das Eigentliche in der Reduktion viel stärker hervortritt. Und ich ließ mich verzaubern. Der Rabe erhielt eine ungeahnte Präsenz auf dem blattlosen Baum, dessen Äste sich anmutig vor dem eisblauen Winterhimmel abhoben. Die Natur gewährte Durchblick. Das Licht, in seiner Quantität rar, hatte in seiner unvergleichlich feinen Helligkeit eine Qualität, die mich betörte. Im Sonnenschein glitzernder und Kinderherzen entzückender Schnee wurde in der Nacht zum weißen Zauberteppich, der die Dunkelheit erhellte, das aufgewühlte Leben beruhigte, die fiebrige Erde wadenwickelte. Ich ging meinen Tätigkeiten nach und wurde ruhiger. Diese Schneenächte schenkten mir Frieden. Ich dachte über die Liebe nach. Über diese postmoderne Chancenlosigkeit, die zwischen den Geschlechtern herrschte. Und darüber, dass auch diejenigen, die ihren bürgerlichen Rahmen als Vorgabe eindeutig abgesteckt hatten, sich unentwegt belogen. Auf ihrer Insel der verzehrenden Zweisamkeit und der verbürgenden Existenz unterlag die Liebe ebenso dem Alltäglichen wie alles andere. Allein die Summe wahrhaft liebender Momente konnte die Bilanz positiv machen. Ich sehnte mich danach, mit Mira Lind über Daniel zu sprechen. Da ich keine Adresse von ihr hatte, rief ich Ellen Baron an. Sie klang mir mit ihrer freundlich-unterkühlten Art entgegen.

»Ellen«, fragte ich, »hast du die Adresse von Mira Lind?« »Ich habe eine New Yorker Telefonnummer von ihr und die E-Mail-Adresse«, erwiderte sie. »Was willst du denn von ihr?«

»Ich will mit ihr über Daniel reden«, antwortete ich wahrheitsgemäß.« »Ach ja, Daniel«, seufzte sie.

»Gut, dass unsere Mutter nicht mehr lebte, als er starb. Ich glaube, dass sie seinen Tod nicht verkraftet hätte. Ihren geliebten Sohn zu verlieren, hätte sie um den Verstand gebracht. Die beiden hatten ein ganz besonderes Verhältnis.«

»Wenn es für dich okay ist, dann gib mir doch bitte ihre elektronische Anschrift«, fuhr ich fort, ohne auf die Äußerung über ihre Mutter einzugehen. Ellen klang irgendwie immer ein bisschen resigniert.

»Ja, warte einen Moment«, sagte sie, um sie mir dann kurze Zeit später durchzugeben.

»Danke dir, Ellen« sagte ich. Mach's gut! Wir sehen uns sicher gelegentlich. Tschüs!« Damit war das Gespräch beendet. Ich setzte mich sofort an meinen Computer und schrieb an Mira Lind, darauf bauend, dass die tiefe Sympathie, die ich sofort für sie empfunden hatte, ein wenig auf Gegenseitigkeit beruhte:

Liebe Mira!
Erinnern Sie sich an mich? Ich bin der Mensch, bei dem der Humidor zwischenlagerte, den Daniel Baron Ihnen hinterlassen hat. Ellen hat mir netterweise Ihre E-Mail-Adresse gegeben. Die Neugier plagt mich sehr. Wie geht es Ihnen? Schade, dass wir keine Gelegenheit mehr hatten, miteinander zu sprechen. Ich denke oft an Sie - und in diesem Zusammenhang auch an Daniel. Ich würde so gerne ein Buch über ihn schreiben. Doch das schaffe ich nur mit ihrer Hilfe. Vielleicht sind Sie jetzt verwirrt, Mira oder noch immer sehr mit seinem Tod beschäftigt. Aber gibt es nicht immer Wirren - sogar jenseits aller Kriege? Sie

und ich, wir könnten gemeinsam dem mörderischen, persönlichen Gedächtnisschwund, der irgendwann immer seinen Lauf nimmt, da darf man sich nichts vormachen, Einhalt gebieten und eine bleibende Erinnerung an Daniel schaffen. Und vielleicht heilen dabei sogar ein bisschen die Wunden, die Daniels Tod bei Ihnen hinterlassen hat. Wir wäre es, wenn Sie mir alles erzählten? Von Anfang bis Ende. Ich sage immer, lass es raus. Denn wenn du es drinnen lässt, frisst es womöglich Löcher in lebensnotwendige Körperteile. Und das Verteufelte daran ist, bis sich diese dunklen Löcher bemerkbar machen, hat man oft schon vergessen, was da an einem nagte und kann den Zusammenhang nicht mehr herstellen. Dann braucht man einen Geometer der Seele, der einen wieder an jene Stelle zurückführt, wo man die Einheit mit sich selbst und damit das Glück verlor. Entrollen Sie die Bilder in Ihrer Seele, liebe Mira, damit das Licht darauf fallen und die Schatten vertreiben kann. Ich würde mich von Herzen freuen, von Ihnen zu hören.

Ich setzte meinen Namen darunter, drückte, ohne lange zu überlegen, auf Senden und lehnte mich zurück. Ich brannte darauf, eine Antwort zu erhalten. Die Antwort kam schneller als erwartet. Wieder einmal war ich von der Unmittelbarkeit des elektronischen Zeitalters fasziniert, das zum einen ein beispielloser Beschleuniger par excellence ist und zum anderen reine Gegenwartskunde. Goethe – wo auch immer er sich aufhalten mag – der Zettelgen-Fetischist und tausendarmige Briefpolyp, findet das bestimmt zum Brüllen komisch. In seinen sicher verwahrten Briefen und Zettelgen lassen sich Bekanntschaften, Beziehungen, Prozesse und Lebensabschnitte aller Art auch heute noch nachvollziehen, während sich im Netz mitteilende Momentaufnahmen, Gedanken, Wünsche und Abgründe in einem Tempo aufpoppen und wieder verschwinden, bei dem selbst das flotteste Modell der Welt Atemnot bekäme.

Da war sie nun, die Mail von Mira Lind. Das belebte mich kolossal. Ich war mit jeder Faser meines Herzens bereit, diese Geschichte der Vergänglichkeit zu entreißen und aus Miras Antworten zusammen mit dem, was ich wusste, weil es mir Daniel im Laufe seines Lebens anvertraut hatte, ein Buch zu machen. Ich druckte ihre elektronische Nachricht sofort aus. In der dichten Gewissheit, dass ein Tropfen Tinte mehr Sprengkraft besitzt als Tausende von Bomben und ein Buchstabe mehr Wirkung als Zehntausend Gewehre. Drei Dinge lösen die Dualität zwischen uns Menschen auf: Lustvoller Sex, Menschlichkeit und Sprache.

»Okay«, schrieb sie, »ich erzähle Ihnen die Story von Daniel und mir. Sie haben recht, es wird mir gut tun, Ihnen alles zu erzählen. Außerdem mag ich Sie. Und ich schulde Ihnen etwas, weil Sie mir die Holzschatulle so ohne weiteres ausgehändigt haben (wo doch Neugier Ihr größtes Laster ist...!). Sie machen vielleicht ein Buch daraus, das merkwürdig anmutet, und in dem sich nicht alles so wiederfindet, wie ich es Ihnen schildere, aber das ist okay für mich.

Ich vertraue Ihnen. Verleihen Sie Daniel Unsterblichkeit. Er hat es verdient! Nach meiner Rückkehr war ich lange in einem ziemlich desolaten Zustand, unter anderem Nächte ohne Ende, aber jetzt geht es mir wieder besser. Zu allem Überfluss hatte der CIA sein Headquarters ausgerechnet in dem Bürogebäude aufgeschlagen, in dem ich arbeite. Das nahm bedrückende Ausmaße an. Der Schmerz und die Trauer durch die Anschläge halten New York bis heute in Atem. So gleicht die Welt um mich herum meiner inneren Verfassung. Vielleicht, denke ich manchmal, kann ich diesem Ausgeliefertsein, dieser Traurigkeit, die mich oft wie ein dunkler, schwerer, grausamer und mörderischer Schatten überfällt, doch so langsam entgehen. Kann wieder die Lebensfreude atmen, die mir Daniel noch über sein Sterben hinaus ans Herz gelegt hat. Daniel ... «

~ SIEBEN ~

Zigar 1997

Daniel wusste, wie schal die Liebe sein kann. Wie schnell das süße Gefühl der Sehnsucht und des Verlangens einer Sattheit Platz machen konnte, die erstickend war. Doch leider teilten die wenigsten Frauen, mit denen er in Berührung kam, dieses Empfinden. Die meisten von ihnen verwechselten gestillten Hunger mit einer Sentimentalität, die so unerträglich klebrig war, dass er auf gar keinen Fall daran hängen bleiben wollte.

Von einem weiblichen Typus dieser Art befand er sich nun auf dem Weg zu seinem Büro, wo ihn glücklicherweise ein wichtiger Termin erwartete. Es war ein sehr junger Tag im Februar, und er fuhr in seinem silberfarbenen Cabrio durch die noch stille Hauptstraße eines Dorfes. Nichts ist vergänglicher als der Augenblick, sinnierte er, doch allein der Augenblick zählt. Er hatte auf keinen Fall vor, ein zweites Mal auf diese Frau namens Edith zu steigen und in sie einzudringen. Wie so oft liebte er sein Entkommen. Blieb nur zu hoffen, dass sie ihn fraglos, klaglos entkommen ließ, dass sie kein Theater machte oder ihm sogar eventuell nachstellte. Frauen konnten irre aufdringlich sein. Weiber mit einem Hang zum Bürgerlichen, wie er ihn bei ihr zuhause nach einem vielversprechenden Aufriss in der Kneipe schneller, als ihm lieb war, wahrgenommen hatte, nahmen ihm die Luft zum Atmen. Er mochte Frauen mit echtem Gefühl und charmantem Esprit, lebensbejahend und selbstbewusst, aber keine Kletten.

Bedauerlicherweise waren ihm von der Sorte, die er bevorzugte, im Laufe seines Lebens nicht allzu viele begegnet. Eine kannte er, die empfand er noch dazu als echten Kumpel, aber sie war ihm zu alt und nicht ganz sein Typ, obwohl er sogar mal was mit ihr gehabt hatte.

Kurz verspürte er einen Anflug von Leere. In letzter Zeit fühlte er sich beunruhigend oft abgeschlafft und müde. Die Power früherer Jahre schien dahin. Neulich meinte er sogar, Blut in seinem Stuhl entdeckt zu haben. Beim Gedanken daran stieg Panik in ihm auf, die er rasch unterdrückte. *Besser nicht daran denken, dann ist da auch nichts,* dachte er. Er atmete tief durch und verscheuchte das Trübe, das sich da in ihm ausbreiten wollte. Schmunzelte in sich hinein, als er an den Abend dachte, erst vorgestern war es gewesen, an dem er unterwegs mit einem befreundeten Anwalt diese Eroberung gemacht hatte, wegen der er jetzt hier fuhr: Edith und ihre Freundin saßen am Nebentisch. Nach einem kurzen Anlauf flogen die Bälle zwischen ihm und ihr nur so hin und her. Es war sonnenklar, dass er sie aufreißen würde und sie das auch wollte. Während die beiden Frauen die Toilette aufsuchten, stellte Peter trocken fest: »Die schluckt, Daniel. Und die schluckt gut. Nichts wie ran!«

Also hatte er sie zum Essen eingeladen und gleich eine gemeinsame Nacht daraus gemacht – mit allem Drum und Dran, versteht sich. Peter hatte mal wieder richtig getippt. Nur der innere Stil entsprach nicht ihrem verheißungsvollen äußeren Outfit, sodass es ihn weder nach einer weiteren gemeinsamen Nacht noch nach sonst irgendetwas mit dieser Frau gelüstete.

Als er um eine Kurve bog, sah er, wie der zu diesem Zeitpunkt orangefarbene Sonnenball sich soeben vollends durch das dicke Gespinst des Hochnebels schob. Unbeirrt und sich seines Sieges sicher drang er hindurch. Es war beeindruckend. Er brachte den Wagen am Straßenrand zum Stehen, um dieses Schauspiel zu bewundern. Der Morgen hatte etwas unglaublich Friedliches an sich und zugleich etwas Seltsames, das aber schön war. Wie ein sanfter Schleier lag Nebelhauch über den Wiesen und Feldern, die sich vor der Ortschaft ausdehnten. Daniel zündete sich einen der Zigarillos an, die er immer im Handschuhfach parat hatte, und nahm sich die Zeit mitzuerleben, wie die Sonne den Nebel langsam aufsog. Das Wolkenlose des beginnenden Tages hatte für ihn etwas Beglückendes und Bedrückendes zugleich. Denn urplötzlich überfiel ihn eine vibrierende Sehnsucht, die seinen Körper schmerzlich zusammenzog. Für einen Moment hatte er angesichts dieser bedingungslos bahnbrechenden und unaufhaltsamen Sonne eine Ahnung von der Absolutheit wahrer Liebe, die sich einfach nähert – unbesehen, unaufgefordert, komme, was da wolle.

~ ACHT ~

Mosaikteilchen

Gibt es niedrige Lust? Und wird ein Mensch erniedrigt, der sich zum Werkzeug niedriger Lust machen lässt? Kann man Lust überhaupt von Eros trennen, dem ersten aller Götter, der aus dem Schoß der Ur-Schöpferin, der Mutter Nacht hervorging? Nackt, beflügelt, mit Pfeil und Bogen, mit Köcher und mit einer Fackel bewaffnet, streift er seitdem ruhelos umher, trifft die Menschen unvorbereitet dort, wo sie es am wenigsten erwarten, verursacht manchmal Schmerz, weil das Herz Abgründe hat, die der Verstand nicht kennt. Ach, Eros ...

> *Ewigkeit in der Zeit verflossener Vergänglichkeit*
> *Traum in meinem Raum*
> *Raum in meinem Traum*
> *Mein flammendes Herz schmerzt zu dir hin*
> *Mein Geschlecht verwirrt mir flutend den Sinn*
> *Ich will dich küssen, küssen, küssen, küssen, küssen, küssen*
> *In jedem geheimen Winkel mit dir müssen, müssen, müssen*
> *Ich will dem, was Amor schafft, grenzenlos verfallen*
> *Und das Leid zu einem glühenden Kometen ballen*

Mira neigte wie so viele Liebesbekümmerten zum Dichten. Ein paar ihrer poetischen Ergüsse stellte sie mir freundlicherweise zur Verfügung. Wie aus ihren E-Mails hervorging, traf sie Daniel zum ersten Mal in einer verregneten Mainacht des Jahres 1997. Eine Freundin hatte sie zu einer Party mitgenommen. Es gab Drinks und Raclette als Dinner. Eine überschaubare Abendgesellschaft war zusammengekommen, um den Einzug von Sandra, einer Kollegin von Miras Freundin Nicole, in eine schöne Altbauwohnung zu feiern. Was Mira schrieb, wirkte sehr vertraut und erinnerte mich an längst vergangene Zeiten:

Ich sah ihn von der Küche aus in einem der Räume stehen und etwas in mir erschauerte. Er wirkte leicht verlebt, was mich abstieß und zugleich auch anzog. Seine offensichtliche und ihm selbst sehr wohl bewusste Attraktivität erhielt dadurch eine verschwenderische Sinnlichkeit, die irgendwie atemberaubend war. Es hatte etwas Beunruhigendes. Er hatte die Ausstrahlung eines Menschen, der, übersah man das Gierige daran, sich der Lust hingeben konnte, ohne die geringste Hemmung zu verspüren. Ein sinnlicher Mann also, der der Liebe hemmungslos frönte. Kein Workaholic, der die Sinnenfreuden vor lauter Arbeit vergaß oder ein Narziss, der so mit seinem eigenen Work-out beschäftigt war, dass alles andere daneben verblasste. Er fing meinen Blick auf. Das schien sein Signal zu sein. Denn sofort schlenderte er langsam in die Küche, direkt auf mich zu. Mir wurde ein wenig schwindelig, als ich ihn auf mich zukommen sah. Eine Welle der Erregung durchströmte mich, ohne dass ich etwas dagegen hätte unternehmen können, und mein Herz klopfte aufgeregt. Als er vor mir stand, fühlte ich mich sexuell berührt, obwohl uns mehr als eine Armlänge trennte. Am liebsten hätte ich ihm eine runtergehauen, aber das hätte keiner verstanden. Es gab nichts, dass ich diesem Empfinden hätte entgegensetzen können. Kennen Sie das? Ihnen wird das Höschen nass, obwohl das Herz revoltiert und der Verstand klipp und klar nein sagt? Sandra, die Gastgeberin schnitt und drückte gerade reichlich Limetten, schüttete deren Saft zusammen mit braunem Zucker in Gläser, gab Cachaça dazu und füllte das Ganze mit gestoßenem Eis auf.

»Wartest du auf deinen Caipirinha?«, fragte er. Es klang allerdings mehr feststellend als fragend. Offenbar ein Vorwand, um mit mir ins Gespräch zu kommen.

»Nein, eigentlich nicht«, meinte ich leicht verlegen, denn ich war an diesem Abend noch mit meinem Freund Bernhard verabredet, den ich in etwa eineinhalb Stunden mit dem Auto abholen sollte. Ich hatte auch keine Lust, das Gute-Laune-Mädchen innerhalb dieser Wer-schläft-heute-mit-wem-Gesellschaft abzugeben. Er lachte. Plötzlich kam ich mir ziemlich kleinkariert vor. Sandra, die uns beobachtete, rief, während sie flott weitermixte, mit aufgekratzter Stimme:

»Das ist Daniel, er hat zusammen mit Michael, der drüben im Wohnzimmer steht, eine Kanzlei hier um die Ecke. Wir sind uns einige Male begegnet und haben na, das kann man doch sagen, Daniel – eine Art Freundschaft geschlossen. Daniel, das ist Mira!« Dabei gurrte sie so anzüglich, dass sofort transparent wurde, dass wenigstens mit einem von beiden schon mal was gelaufen war. Ich fühlte mich immer unbehaglicher. Daniel ignorierte das und ging auch mit keiner Silbe auf die Bemerkungen von Sandra ein; er fing stattdessen an, ungeniert mit mir zu flirten. Ich dachte, *dieser Typ ist doch viel zu alt für dich.* Aber seine geballte männliche Anziehungskraft erhitzte meine unteren Chakren, wie ich es noch nie erlebt hatte, und der von Abwehr gekennzeichnete Schlagabtausch zwischen uns stimulierte meine oberen Chakren, was mich völlig verwirrte. Ich befand mich auf einem emotionalen Schleudersitz. Es brauchte bloß noch jemand am Griff zu ziehen, die Rakete zu zünden, und ich wäre Hals über Kopf verloren und würde im freien Fall durch die Lüfte sausen. Sein Lachen und seine tiefe, wohltönende Stimme hatten einen betörenden Einfluss auf mich. Flutwellen rollten durch meinen feurigen Unterleib.

Als ich wenig später das Einweihungsfest hocherhobenen Hauptes und ohne ihm wirklich eine Chance gegeben zu haben, verließ, wünschte ich mir gleichzeitig brennend, sowohl ihm nie begegnet zu sein als auch seinen Nachnamen und seine Adresse zu kennen. Wochenlang spukte er mir ihm Kopf herum. Mehr als einmal war ich versucht, die Kanzleien in besagter Gegend abzuklappern und mich mit einem fadenscheinigen Argument um einen Termin bei ihm zu bemühen.

Ja, die Liebe. Ach, wie wenig Sinn ergibt es manchmal, den frühen Ahnungen zu trauen oder zu misstrauen. Das Schicksal spinnt seine Fäden, und ehe wir uns versehen, verstrickt es uns darin. Alle Geister müssen sich beugen. Allenfalls können sie die Anstandsfrist einhalten, mehr nicht. Die Dämonen lachen sich sowieso ins Fäustchen, weil es kein Entkommen gibt. Eros und Psyche sind seit ihrer gegenseitigen Eroberung unter der nachfolgenden Huld der Götter im Spiegelkabinett des Lebens unschlagbar. Sie erzeugen Anziehungskraft, ob es uns nun passt oder nicht. Sie bewahren uns vor Hochmut. Sie lassen uns straucheln und fallen, damit wir lernen, wieder aufzustehen. Gibt es Zufall? Oder ist Zu-Fall, wie das Wort schon sagt, etwas, das einem in jedem Fall zufällt, ob es einem nun gefällt oder nicht. Sozusagen ein unabänderliches Ereignis innerhalb eines bestimmten Handlungsfensters. Blick frei. Finden Sie es nicht merkwürdig, dass man einem bestimmten Menschen, der nur ein paar Häuser weiter wohnt, oft jahrelang nicht begegnet, während man einem anderen Menschen, der fünf Städte weiter wohnt, während einer kurzen Zeitspanne immer wieder über den Weg läuft? Unweigerlich. Nicht nur ein Mal, nein, gleich zwei Mal, drei Mal ... Und finden Sie es nicht merkwürdig, dass Graham Bell ausgerechnet Bell hieß?

Er saß tadellos in der Gegend rum, als ich ihm zum zweiten Mal begegnete. Einer, der sich seines Erfolges sicher war, der es geschafft hatte und doch locker dabei wirkte. Das war im Wartezimmer einer anerkannten orthopädischen Gemeinschaftspraxis, rund fünfzig Kilometer von seinem Wohn- und Wirkungsort entfernt. Ich traute meinen Augen nicht, als ich an Krücken humpelnd den Raum betrat und Daniel Baron wahrnahm, der mir smart zulächelte, aber nicht unbedingt Wiedererkennen signalisierte. Wieder wusste ich nicht, wie ich mich verhalten sollte. Da saß Monate später der Mann, der mich eine ganze Weile lang gefühlsmäßig mit Beschlag belegt hatte, und grinste überaus vergnügt.

»Na, so was«, meinte er, »wenn das nicht ein Wink des Schicksals ist!« Lachend deutete er hinter sich. Erst da bemerkte ich die Krücken, die an der Wand lehnten.

»Ja, wirklich ein komischer Zufall«, erwiderte ich und fügte hinzu: »Diese Praxis scheint weit über ihre Grenzen hinweg bekannt zu sein.« Das musste ich einfach loswerden. Mir war schließlich klar, wo sich sein Büro befand und dass es dort keinen Mangel an Orthopäden geben konnte. Er jedoch ging mit keiner Silbe darauf ein, sondern fragte stattdessen:

»Und was haben Sie angestellt?« Dabei schaute er mir tief in die Augen.

»Der erinnert sich nicht mehr an dich«, stellte meine innere Stimme schmollend fest.

»Ich? Ich habe versucht, ein paar Stufen zu viel auf einmal zu nehmen und mir dabei einen Bänderriss zugezogen«, antwortete ich reserviert, obwohl mein Herz schon wieder schneller schlug als sonst.

»Mir ist beim Tennisspielen die Achillessehne gerissen, einfach so – mir nichts dir nichts«, erwiderte er. »Einer der Ärzte hier, die sind toll, hat mich operiert und jetzt werde ich wohl bald wieder gehen können. Die Humpelei nervt ganz schön.«

»Die Achillessehne? Interessant«, hörte ich mich sagen, dabei fand ich dieses Gespräch ziemlich kurios.

»Ja, ja, Achilleus, der fast unverwundbare, tapferste Held des troischen Krieges hatte eine schwache Stelle, nämlich seine Ferse. Und wenn man nicht mehr laufen kann, dann fällt man. Was auch immer das bedeuten mag«, meinte er und wirkte plötzlich nachdenklich.

»Ich habe ebenfalls ein Faible für die griechische Mythologie«, ließ ich verlauten und traute kaum meiner Stimme. Da ertönte der Aufruf: »Daniel Baron bitte in Sprechzimmer zwei!« Er erhob sich, griff nach seinen Krücken und verschwand – nicht ohne mir noch einen ziemlich erotischen Blick zuzuwerfen. Wir gerne hätte ich ihm nachgerufen, dass wir uns schon einmal begegnet waren, aber er trat aus dem Wartezimmer und verschwand, als ob es ihn nie gegeben hätte. Und obwohl ich während meiner Wartezeit nach ihm Ausschau hielt, erfüllte sich meine Hoffnung nicht, ihm an diesem Tag in der Praxis noch einmal über den Weg zu laufen. Ich war, was Daniel anlangte, spann Mira den Faden ihrer Geschichte weiter, einer Sehnsucht ausgeliefert, die mich fest im Griff hatte. Angesichts ihrer Aussichtslosigkeit fiel sie allerdings einer Schwere anheim, die mich niederdrückte. Wieder nahm ich mir fest vor, diesen Kerl zu vergessen. Zu gut konnte ich mir vorstellen, was mich erwartete, sollte ich mich tatsächlich auf ihn einlassen.

Sekunden können ein Leben entscheiden. Es ist phänomenal, mit welcher Bestimmtheit wir manchen Menschen in die Arme laufen oder, obwohl wir es uns fieberhaft wünschen und krampfhaft erhoffen, ihnen eben nicht in die Arme laufen.

Während ich einen Freund von mir wochenlang in seiner Stammkneipe verfehlte, sah ich Daniel im Herbst 1997 zusammen mit einem anderen Mann in einer Tiefgarage vor eben jenem Aufzug stehen, den ich gerade mit raschem Schritt ansteuerte. Ich traute meinen Augen kaum. Dieses Mal, das war ganz offensichtlich, erkannte er mich. Beim Näherkommen rief er mir zu: »Hey, wieder flott zu Fuß, wie ich sehe!«

»Ebenfalls«, erwiderte ich lächelnd. »Deine Achillesferse scheint wieder intakt zu sein.«

»Deine Bänder auch. Darauf müssen wir unbedingt anstoßen«, meinte Daniel. Als er sich an seinen Begleiter wandte und ihn fragte, ob die Zeit ausreichen würde, nickte dieser zustimmend. So ging ich mit den beiden Männern etwas trinken, tauchte in jene zartbittere, rauchige Welt voller Genuss ein, die Daniel sein Eigen nannte, ließ es darauf ankommen, in meinen widerstrebenden Gefühlen berührt zu werden. Es war lustig. Es machte Spaß mit den beiden Männern. Sie versprühten Witz, Lebenslust und Dynamik. Dazuhin eine Frivolität, die nichts Grobes an sich hatte. Vor allem Daniel. Er trank einen Espresso nach dem anderen und zog genüsslich an einer Zigarre, deren Duft mich aromatisch umhüllte.

Offenbar war er im Unterschied zu anderen Menschen seines Alters, die ich kannte, entschieden davon entfernt, seinen Körper als zukünftigen Feind zu betrachten. Daniel erhob Körperlichkeit zu einem Ort, der bewusst mit Genüssen verwöhnt wurde, damit diese Körperlichkeit durch das Genießen den Raum erhielt, der ihm seiner Ansicht nach zustand. Sein sonores Lachen, das ich längst liebte, kreiselte verführerisch zu mir herüber. Der Klang seines Lebens berührte mich. Es war als würde ein tiefer Gong ertönen, dessen Ton nicht wieder verklang, sondern sich stattdessen mit etwas vermengte, das in mir nachschwang, ohne zu verstummen. Es knisterte. Es wisperte. Mengenlehre. Ein Schweben ergriff mich. Wir verabredeten uns für den kommenden Abend. Ich war mehr als bereit, mich von ihm verführen zu lassen und wartete gespannt darauf, wie er es anstellen würde, mich rumzukriegen.

NEUN

Verbindung

Wir hatten ein Date. Es hieß Essengehen in einem schönen Restaurant. Beim Italiener, (wo sonst?), wurde die alchimistische Affinität zwischen uns konkreter. Lust trieb uns zueinander, wie ein Windstoß, der den gleichen Schirm in zwei Augenblicken von einer Seite zur anderen stülpt und atemlos macht. Zwischen Rucola mit Parmesan und Risotto mit Meeresfrüchten näherten wir uns jenem dunklen Erdteil, der ganz unspezifisch Liebe genannt wird. Sonne, Mond und Sterne gingen auf, als wir uns ansahen. Mein Puls schlug hoch. Ich flog aus meiner alten Umlaufbahn in eine neue. Daniels Gegenwart durchdrang mich und ergriff mehr und mehr von mir Besitz.

Wie gut ich sie verstand. Diese Geschichte durchströmte mein Bewusstsein, als ob ich sie selbst erlebt hätte. Ihr Magnetismus elektrisierte mich. Die E-Mails zwischen Mira und mir schwirrten nur so hin und her. Wir waren inzwischen beim Du angelangt. Während ich die Worte neu festsetzte, ohne dabei etwas an den von Mira geschilderten Ereignissen zu verändern, versank die Welt um mich herum und mit ihr alle Probleme, die sie manchmal bereithielt. Ich war trunken vor Neugierde und wurde von Erinnerungen überflutet. Mira ließ mich an dem Gespräch, das sie in dieser Nacht mit Daniel führte, teilhaben. Ihre Offenheit und ihr Vertrauen beeindruckten mich. Es existiert jedoch keine Notwendigkeit, das Gesprochene hier wiederzugeben.

Jedenfalls entwickelte sich das erste beabsichtigte Treffen dieser beiden Menschen zu einem außergewöhnlichen Tête-à-tête – sui generis, wie es der Lateiner nennt – also aus dem Besonderen, das sich aus sich selbst heraus entwickelt. Die Köpfe zusammenzustecken und zärtlich beisammen zu sein, ist ein Zustand voller Geheimnisse. Zwei Welten begegnen sich. Geplant oder ungeplant. Aber nie grundlos oder lediglich der Gier oder dem Trieb verfallen. Ein Tête-à-tête ist ein Rendezvous mit verschwiegenem Charakter, ohne deshalb schlüpfrig zu sein. Nur der französischen Sprache gelingt es so gekonnt, den Kopf beim Amourösen ins Spiel zu bringen. Das Haupt aller Dinge, die Liebe ist in ihrer Sexualität ganz offensichtlich in Frankreich zu Hause. Dort hat die Anziehungskraft zwischen zwei Menschen den bewundernswerten Sprachraum, den sie braucht, um sich in ihrem ganzen Ausmaß zu offenbaren. Ein Tête-à-tête ist mehr als ein deutsches Stelldichein, mehr als ein englisches Meeting, mehr als ein italienisches Appuntamento, mehr als eine portugiesische Entrevista und auch mehr als eine spanische Cita. Daniel und Mira jedenfalls hatten ein klassisches

Tête-à-tête an diesem Abend, das stand nach Miras Schilderungen für mich fest. Ihr Bericht, um den Abend wieder aufleben zu lassen, setzte sich folgendermaßen fort:

Nach dem Essen gingen wir in eine kleine Bar, die *Tearoom* hieß. Daniel fand diese Location cool. Es war brechend voll dort. Aus einer undurchschaubaren Ecke, in der es flimmerte und Lichtblitze zuckten, schwappte uns laute Musik entgegen. Der DJ, den man nicht sehen, aber durch das Scratchen erahnen konnte, gab sich größte Mühe, schrille Töne in unsere Ohren zu katapultieren. Es tat beinahe weh. Um uns verständlich zu machen, mussten Daniel und ich die Köpfe ziemlich dicht zusammenstecken. Ich fand die Musik etwas anstrengend, aber das gut durchgemischte Publikum wirkte ansprechend und der Kellner war nett und locker, sodass ich mich letztlich wohlfühlte. Irgendwann zogen wir weiter am *Club der Liebe* vorbei durch zahlreiche andere Lokalitäten und Treffpunkte. Daniel hatte offenbar beschlossen, mir das Nachtleben der Stadt vorzuführen. Für eine Weile hielten wir uns in einem größeren Laden auf, in dem ein reges Kommen und Gehen von hauptsächlich sehr jungen Leuten nahelegte, dass es sich um ein Szenenlokal handelte. Dort wurde House gespielt, eine Musik, die mich weitaus mehr ansprach als die progressiven Misstöne des *Tearooms*. Ich hatte wieder Hunger bekommen. Daniel forderte mich auf, etwas zu essen. Selbstverständlich wie schon den ganzen Abend lang auf seine Kosten. Seine Fürsorglichkeit gefiel mir. Als ich ein weiteres italienisch angehauchtes Gericht verspeiste, sah er mir, so schien es mir jedenfalls, liebevoll zu, trank dabei seinen Rotwein und wartete darauf, sich nach meiner Mahlzeit erneut eine Zigarre anzuzünden. Von den Accessoires, die diesen Vorgang begleiteten, war ich fasziniert: Da war das lederne Etui, aus dem er diese dicken braunen Stängel zog, der kleine Zigarrenschneider, mit dem er die Zigarre anschnitt, bevor er sie in den Mund steckte, und das satt in der Hand liegende goldene Feuerzeug mit der extragroßen Flamme und das Bänkchen, auf welches er dieses glimmende, würzige Teil hin und wieder ablegte, um mit mir zu reden oder mir frei von Rauchwölkchen in die Augen zu schauen.

Er sah gut aus im schummrigen Licht des Nachtlebens. Sein Alter, durch Falten und eine gewisse Angestrengtheit im grelleren Licht manchmal zu erahnen, verschwand hinter seiner junggebliebenen Dynamik, seiner erstaunlichen Vitalität und seiner Selbstsicherheit. Darüber hinaus verströmte er etwas Unfassbares – ein Fluidum von Lust inmitten galanter Höflichkeit und beherrschten Auftretens. Das blitzende Funkeln seiner Blicke verriet es. Es erinnerte mich an die Aussage eines Bekannten, der einmal gesagt hatte: »Man erkennt an den Augen, ob jemand alt wird. Siehst du dieses Glitzern bei Sabine? Sie wird steinalt werden. Viele jedoch sind schon tot, solange sie leben, werden nie ihren Zenit erreichen.« Damals fand ich diese Worte seltsam. Bei Daniel begriff ich mit einem Mal, was sie bedeuteten, obwohl er zwischenzeitlich auch irgendwie abgespannt und blass wirkte. Offenbar forderte der Gang durch die Nacht einen gewissen Tribut von ihm.

»Fährst du mich ins Büro?«, fragte er. Da ging es schon gegen Morgen. »Ich habe mehr als du getrunken. Außerdem wäre es schön, wenn du das für mich tätest«, fügte er hinzu.

Und ich fuhr ihn. Dinner, Drinks und der Rest meiner Vorsicht ruhten aus. Auf den Kissen der Schönen der Nacht verhallte Thors Hammerschlag, während ich diesen Mann zu dem Ort brachte, wo er seine beruflichen Schlachten schlug. Bislang hatte er mich nicht geküsst. Ich fragte mich, ob ich ihn falsch eingeschätzt hatte. Als wir vor dem Gebäude ankamen, in dem sich seine Kanzlei befand, sagte er plötzlich in seinen Taschen herumtastend: »Ich finde meine Schlüssel nicht. Verflixt, ich glaube, ich habe sie vergessen. Aber Michael müsste in absehbarer Zeit kommen. Warten wir einfach, okay!?« Dabei nahm er meine Hand und stellte grinsend fest: »Du bist eine ganz Süße, weißt du das. Und Autofahren kannst du auch hervorragend. Jedenfalls hast du mich flotter als andere hierher gebracht«. Ein leiser Stich durchzuckte mein Herz, denn ich stellte mir die Frage, wie oft er diese Masche, sich nach Hause oder ins Büro fahren zu lassen, schon benutzt hatte. Meine Gedanken überschlugen sich. Da küsste er mich plötzlich fordernd auf den Mund. Ich erbebte, schloss die Augen und überließ mich den Vibrationen meines Körpers. Aber mitten in diesen Kuss hinein fragte die Stimme der Vernunft, was ich da tun würde, und ich spürte Widerstand in mir aufsteigen.

Andere Frauengesichter schoben sich zwischen Daniel und mich. Abgründige Vorstellungen drängten sich mir auf. Mit einem Mal wollte ich für Daniel mehr als nur eine Beute sein. Ich wollte von ihm gesehen, wahrgenommen, vor allem aber geliebt werden. Mein Verstand pochte auf sein Recht. Daniel verstärkte die Intensität des Kusses. Die Schwingungen durch das Küssen versetzten mich in eine so verführerische Stimmungslage, dass die Schmusekatze in mir vor Vergnügen schnurrte und sowohl ihr Bedenken als auch ihre Krallen einfuhr, als hätte es nie welche gegeben. Ich knutschte mit Daniel heftig weiter, warf alle Bedenken über Bord und überließ mich der Macht des Augenblicks. Es muss eine kleine Ewigkeit gedauert haben, wie mir im Nachhinein scheint, denn Daniels Partner Michael machte keinerlei Anstalten aufzutauchen. Stattdessen schlich Daniels Geruch und nicht nur dieser in mich hinein. Seine Finger waren kürzer als vermutet. Merkwürdigerweise hatte er für einen Mann seiner Statur sowieso verhältnismäßig kleine, ja beinahe feminine Hände, das fiel mir auf. Was für eine Begegnung! Ein Leben lang wird sie flüstern und durch meine Träume geistern. Sie drängte durch mich hindurch, berührte meine Eingeweide, verwirrte meine Gedanken. Von Traumzipfel zu Traumzipfel wankten die glitzernden Fäden machtvoller Begehrlichkeit, beherrschten Anima total.

~ ZEHN ~

Leidenschaft

Am Abend desselben Tages trafen wir uns wieder. Ich war nach Hause gefahren, um auszuruhen, Daniel ebenso. Er rief mich an.

»Hast du eigentlich eine Freundin?«, fragte ich ihn. Dass er unverheiratet war, wusste ich.

»Nichts Festes«, antwortete er ausweichend. »In einem gewissen Sinne bin ich schon mein Leben lang alleine.«

Ich wusste sofort, was er meinte. Auch wenn ich in diesem Moment eine Frauenstimme im Hintergrund vernommen hätte, wäre alles klar gewesen. Dieser Mann war durchtränkt von Einsamkeit, unberührt geblieben von allem Lieben, dem wütenden, gierigen Lieben dieser Welt. Er sehnte sich nach einem niederschlagsfreien Platz, an dem er sein feuchtes Herz ausschütteln und in eine sanfte Brise hängen konnte, damit jene Zaubertinte, welche die Worte der Liebe schreibt, nicht im ewigen Nass zerfloss, sondern sonnengetrocknet und schließlich langsam gebleicht wurde. Eine Frau, die in einem Mann Begehren und Fantasie weckt, ohne ihm dabei Seelenruhe zu schenken, wird nie wirklich zu ihm gelangen. Ich wünschte mir nichts sehnlicher, als die Frau zu sein, die sie ihm schenken konnte.

Zigarren sind umgeben von Deckblättern. Das sind die Tabakblätter, die vor allem am Morgen sorgfältig beschattet werden, damit die Sonne sie nicht verbrennt. Abends werden sie dann wieder aufgedeckt, damit der Tau der Nacht sie benetzen kann. Er steckte mitsamt dem Verhüterli, auf das ich Wert legte, weil ich keine Pille nahm, in mir. Obwohl er durch den Gummi nicht vollkommen das spürte, was er hätte fühlen wollen, verzauberte ihn der in dieser Nacht nicht enden wollende Sex mit mir, wie er mich charmant wissen ließ. Mir ging es ebenso. Er war ein unglaublicher Liebhaber. Alles erschien so einfach mit ihm. Eros, sagt man, sei das, was von den Göttern zu den Menschen komme und von den Menschen zu den Göttern gelange. Was auch immer das sein mag, wir hatten es. Alles war unglaublich schön in dieser Nacht.

»Ich bin verrückt nach dir«, sagte Daniel, »du hast eine hinreißende Ausstrahlung, aber ich hasse Klebstoff, merk dir das! Frauen, die sich anbiedern oder an mir, auf Teufel komm raus, anhaften wollen, sind mir ein Graus. Nichts ist schlimmer, als mitzuerleben, wie sich Anziehungskraft in Erwartungshaltungen, Besitzansprüchen und Bindungskonstruktionen verliert.«

Ich wusste nicht, was ich darauf erwidern sollte, denn ich fühlte mich so unglaublich stark zu ihm hingezogen, dass ich mir nicht sicher war, ob ich das genauso sehen konnte oder wollte. Am nächsten Vormittag kehrte ich fünf Ortschaften weiter in meinen Alltag zurück. Der Duft von Daniel klebte an mir wie eine mit Zaubertinte geschriebene Empfehlung. Spuren einer unsichtbaren Macht.

Duft ist ein besonderer Stoff. Wir nehmen ihn wahr, noch bevor wir etwas sehen, hören, fühlen, schmecken. Zumeist sehen wir ihn nie. Die Substanz dessen, was wir riechen, bleibt uns in der Regel für immer verborgen. Und doch kann Duft mit einem Atemzug plötzlich da sein und alles verändern. Unversehens ist die Präsenz unserer fünf Sinne wieder komplett. Wir riechen was Sache ist und erleben die unbeirrbare Bestimmtheit der unmerklichsten aller Sinneswahrnehmungen. Angenehm – unangenehm. Duft sprengt unsichtbare Grenzen auf. Eine Person nicht riechen zu können, ihren Duft nicht zu mögen, ist irreparabel und kommt einem abschlägigen Bescheid gleich. Instinktiv werden wir jemandem aus dem Weg gehen, der uns stinkt. Die Verbindung zu diesem Teil von uns ist untrüglich. Im Duft liegt enorme Wahrheit verborgen, sowohl die vollkommene Süße als auch die abgrundtiefe Verderbnis des Lebens verbergen sich hinter Gerüchen. Duft ist Leben. Pures Leben. Duftendes Leben, wie wir es kennen, ist flüchtig, ist gegenwartsgebunden, ist unbegreiflich. Duft geht eine Verbindung mit der umgebenden Luft ein und schafft damit die Atmosphäre, in der wir uns befinden. Den richtigen Riecher zu haben, ist möglicherweise bares Geld. Wer jemals den mystischen Duft von unfassbarem Glück gerochen hat, wird das nie vergessen. Duft kann Grenzen überschreiten, von denen viele von uns nicht einmal ahnen, dass es sie gibt. Das Nachlassen des Geruchssinns ist wie ein Entschwinden unserer Uranbindung ans Leben. Der Ruchlose kann über Leichen gehen. Duft ist die lautlos gesungene Arie der Welt. Wenn wir in sie einstimmen, sind wir verzaubert. Wenn wir uns widersetzen, sind wir enttäuscht.

Die Arie, die Daniel umwehte, war eine Mischung aus frischer Luft, würzig parfümierter Lust und eisgekühlter Limonade mit einem Schuss Wodka darin. Einen kurzen Moment lang hatte ich mich sorglos in dieses Potpourri gebettet und nun wollte ich plötzlich nicht mehr daraus auftauchen. Ich erahnte und ersehnte den betörend melodischen Zauber, der dahinterstand – die Essenz der Komposition sozusagen. Unerwartet heftig wünschte ich mir die Liebe dieses Mannes, ohne dass sie sich konkretisierte. Natürlich hatten wir Sex – mehr als ich mir je hätte träumen lassen. Männer meiner Generation kamen mir dagegen wie lasche Gebetsbrüder vor. Daniel kannte sich mit dem Körper von Frauen wundervoll aus. Er besaß einen untrüglichen Sensor für alles, was damit zusammenhing. Daniel rasierte mir in sanfter Geduldsarbeit Landing-strips, küsste neckisch und unverdrossen meine Brustwarzen, leckte mich, sooft ich wollte. Daniel hörte nicht auf, nach eben jenem Punkt zu suchen, der Frau in den siebten Himmel katapultiert. Zusammen aber kamen wir in den nachfolgenden Wochen und Monaten hauptsächlich dann, wenn ich ihn irgendwo abpasste oder in einem seiner Stammlokale antraf, die jetzt auch zu meinen gehörten. Ansonsten fühlte sich Daniel durch nichts, aber auch gar nichts veranlasst, mich ernsthaft in sein Leben zu integrieren. Aus meiner Sicht der Dinge nahm er keine wirkliche Beziehung zu mir auf, gab dieser Liebe, von der ich so leidenschaftlich träumte, keinen Raum in seinem Lebensgebäude, höchstens gelegentlich eine kleine Besenkammer, in der er mich - allerdings enthusiastisch - fickte. Genau das war es. Er fickte mich begeistert - und das war's. Zwischen uns blieb alles locker, unverbindlich und auf die rein sexuelle Vereinigung beschränkt.

Ihm gefiel es so. Ich aber spürte inmitten größter Euphorie zunehmend Anflüge massiver Traurigkeit. Mein Glück hing an seidenen Fäden - hing an Samen, die in einem Präservativ erstickten und an Strängen, die vielleicht durch das Gehirn dieses Mannes gingen, aber offenbar nicht in der Nähe seines Herzens mündeten.

Es gibt Nächte, in denen der Mond einem Drachen gleicht, der mit missmutigem Gesicht am Himmel schwebt, von Wolken umringt, die wie Schnüre und Schleifen an ihm hängen. Der Mond neigt sein schiefes Grinsen zur Seite und wirkt dabei wie ein Gedemütigter, der weiß, dass sein Ansehen vom Wind, dem Herrscher der Wolken abhängig ist. Ich litt. Es beschäftigte mich, dass Daniel ein Leben führte, in dem kein Platz für mich vorgesehen war. Zu wesentlichen Bereichen seines Daseins hatte ich keinen Zugang. Und es lag auf der Hand, dass sich in diesem gereiften Männerleben Frauen aufhielten, von denen ich nichts wusste, deren Existenz mich aber zunehmend beunruhigte. Mehr als mir lieb war, verstand ich nun meinen zwischenzeitlich zum Ex degradierten Freund Bernhard, der sich stets beklagt hatte und in ein emotionales Tief gefallen war, wenn ich mir ein paar Tage Zeit ließ, um auf eine SMS von ihm zu antworten. Der die Welt und die Frau(en) nicht mehr begreifen wollte, weil ich für diese Art seiner Anhänglichkeit kein Verständnis aufbrachte. Jetzt erging es mir kein bisschen besser. Im Gegenteil. Ich stand dieser sexuellen Anziehungskraft ohne seelisch-geistige Ankerpunkte hilflos gegenüber. Es war ein Zustand, in dem sich alles Verlangen meines Lebens verdichtete, und ich doch gleichzeitig das Gefühl hatte, von der Stillung dieses mich ganz erfüllenden Verlangens Millionen von Lichtjahre entfernt zu sein.

Sich zu verlieben und sich auf das Angebot des Schicksals einzulassen, partnerschaftlich zu lieben, bedeutet die Reise in ein Land anzutreten, das einem verlockend geheimnisvoll und zugleich seltsam vertraut erscheinen mag. Doch es ist ein Wagnis, denn man betritt ein Land, das man nicht kennt. Möglicherweise machen wir es uns dort für lange Zeit an einem idyllischen Plätzchen bequem, möglicherweise stürzen wir uns gleich abenteuerlustig in den Dschungel – oder landen in der Wüste, die mit ihrem klaren Sternengefunkel, ihren labenden Oasen und ihren Fata Morganas ganz eigene Qualitäten hat. Immer aber wird uns diese Reise irgendwann an einen Punkt führen, der uns früher oder später herausfordert. Liebe ist und bleibt ein Wagnis, das unberechenbarste Abenteuer des Lebens.

Ich war sofort in der Wüste gelandet und fühlte mich total überfordert. Ich war durstig und zugleich hingerissen und gebannt. Unruhe plagte mich. Mein Herz lachte und weinte, jauchzte und schrie. Ich war verrückt nach diesem Kerl, aber ich kam nicht wirklich an ihn heran. Also stellte ich ihn zur Rede, provozierte ihn.

»Warum schläfst du eigentlich bei jeder dir sich bietenden Gelegenheit mit mir, wenn du ansonsten kein Interesse an mir hast?«, fragte ich ihn.

»Das ist doch lächerlich«, meinte er bloß.

»Du gehst mit mir nur zum Vergnügen ins Bett. Du rufst mich so gut wie nie an. Du schläfst noch mit anderen Frauen«, warf ich ihm an den Kopf.

»Und ich habe dabei auch keinerlei schlechtes Gewissen oder Angst um meine Seele, wenn du das meinst. Ich bin ein Enthemmter«, antwortete er.

»Was soll nur aus uns werden? Du leidest unter Abgrenzungswahn«, flüsterte ich mit Tränen in den Augen.

»Na und? Ich habe dir nie etwas vorgemacht. Soll man über die Momente einer schönen Begegnung etwa nachgrübeln, um sie umgehend auf mögliche Varianten und Konsequenzen zu überprüfen und damit in Frage zu stellen? Nö – keine Lust! Ich vögle dich aus Genuss, nicht aus Routine«, ließ er mich mit erschreckender Ehrlichkeit wissen, wirkte dabei aber unversehens verstimmt.

Dieser Zustand, ein Sexobjekt zu sein, verunsicherte mich immer mehr. Eines Tages sah ich ihn in seiner bevorzugten Espresso-Bar an der Theke sitzen.

Ich stand eben im Begriff, mich ihm zu nähern, als sich eine attraktive Frau unversehens zu ihm gesellte und ihn vertraulich ansprach. Ohne mich noch einmal umzusehen, verließ ich umgehend die Bar. Ich fühlte mich unglücklich, einsam und verwirrt. Mir war, als ob mein Gehirn erbsentrocken durch eine viel zu große Schale kullerte und mich schmerzte. Das vernichtende Gefühl, keinerlei echte Nähe zu diesem Mann zu haben, nagte an mir und ruinierte mir den Tag. Mein Herz pochte hart gegen die Rippen. Ich verstand mich nicht mehr, hatte das Gefühl fremdgesteuert zu sein. Warum war ich nicht einfach zu ihm hingegangen und hatte ihn zärtlich umarmt, wie das sonst meine Art war? Hin- und hergerissen zwischen der Idee, diesen zigarrenrauchenden Typen schnellstens abzuhaken und der Vorstellung, ihn ebenfalls zum reinen Lustobjekt zu degradieren, rannte ich frustriert davon, unfähig eine Entscheidung zu fällen. Beides war natürlich blanke Illusion, denn es zog mich mit unwiderstehlicher Macht zu ihm hin. Und sobald ich mich in seinem Bann befand, wurde ich schwach. Er brauchte mich bloß an sich zu ziehen und ich war verloren. Die Wirkung seiner Männlichkeit auf mich war unvergleichlich. So projizierte ich, obwohl ich mich benutzt fühlte, unentwegt weiter Sehnsüchte auf diesen Mann.

~ ELF ~

Herzensabsicht

Eine Zigarre ist eine Zigarre. Sie kann lang und schlank sein. Sie kann dick und dabei etwas kürzer sein. Sie kann sich geschmeidig oder trocken anfühlen. Ihre Nuancen können heller oder dunkler sein, was aber nichts daran ändert, dass ihre Farbe stets einem leicht melierten Braun ähnelt, in dessen erdhafter Mattigkeit eine neue Größe verborgen zu sein scheint. Manche Zigarren haben eine so zarte Haut, dass man gar nicht aufhören mag, sie mit beiden Händen zu streicheln. Jede Ader erhöht die Wirkung dieses sanften Anfassens umso mehr, je seidiger und wohltemperierter das Exemplar ist. Auch die etwas raueren Typen haben ihren Reiz. Bei ihnen hinterlässt die Dichte der fühlbaren Unebenheiten des Deckblattes eine so konstante Stimulation der Fingerkuppen, dass man eine Ahnung davon erhält, wie kostbar Zartheit im Leben ist - und wie vergänglich. So individuell wie das Ergebnis der Berührung ist, ist auch der Duft, der von Zigarre zu Zigarre variiert. Von sanft über delikat und würzig bis bitter verströmen Zigarren einen einmaligen Duft. Und ihr

Anblick in Fülle vergegenwärtigt augenblicklich, dass in all ihrer Vielfalt eine unabdingbare Einheitlichkeit herrscht. Denn eine Zigarre ist eine Zigarre. Erst in den Händen des Menschen, der sie öffnet, entflammt und genießt, tritt ihre Seele zum Vorschein.

Daniel stand im Begriff, eine Havanna zu guillotinieren, was er mit großer Sorgfalt tat. Die Bauchbinde des edlen Teiles hatte er ein wenig hochgeschoben. »Daniel brauchst DU denn außer Zigarren keine Ankerpunkte?«, sprach ich ihn aufmüpfig an. Ich hatte ihn vor einigen Stunden in einem seiner Lieblingslokale aufgegabelt und mich von ihm zu sich nach Hause abschleppen lassen und war fuchsig.

»Ich bin mein eigener Ankerpunkt«, antwortete er.

»Aber bist du auch im Herzen des Lebenstanzes?« fuhr ich fort.

»Was meinst du damit?«, fragte er mich erstaunt. Und da hatte ich zum ersten Mal das Gefühl, dass er mir seine volle Aufmerksamkeit schenkte.

»Es gibt Momente, da ist man mit der ganzen Welt verbunden. Vergangenheit, Gegenwart und Zukunft verschmelzen zu einem Konglomerat aus Musik, Tanz und einem Verlangen, das sich auf Anhieb erfüllt und sich deshalb in sich selbst auflöst. Zwischen allem bist du ganz du, ganz da, ganz drinnen und ganz draußen zugleich. Du bist alles und alles ist in dir. Ein alter Song ertönt. Und plötzlich weißt du, weißt es ganz genau: Der Tod hat keine Bedeutung. Du hast geküsst und du wirst küssen. Du hast geliebt und du wirst lieben. Sexualität und Liebe haben kein Verfallsdatum. Der Traum wird nie enden, weil er unendlich ist. Das Aufwachen währt nur einen winzigen Augenblick und führt dich dann für immer zurück. Wohin? In die Ewigkeit. Alles ist ewig. Gott und du, ihr habt gemeinsam geplant, wohin der Weg führen soll. Du hast es nur eine Zeit lang vergessen, weil Gott dir die freie Wahl schenkte. Erinnerst du dich? Ich erinnere mich. Die Sterne schimmern in der Dunkelheit. Hell und immer heller. Da, wo du zu Hause bist, ist es am hellsten. Sei daheim und lass mich bei dir zu Hause sein«, führte ich aus und küsste ihn dann leidenschaftlich. Denn ein leidenschaftlicher Kuss ist nichts anderes, als ohne Worte und sogar öffentlich legitimiert auszudrücken – ich würde dich jetzt gerne in mir spüren. Er erwiderte diesen Kuss nur leicht, schob mich ein Stück von sich, sah mir so tief und ernst in die Augen wie nie zuvor und begann mir nach einer winzigen Pause, in der sich die Welt einmal um ihre eigene Achse zu drehen schien, von dem Morgen zu erzählen, als er eine schlafende Frau namens Edith in ihrem ungeteilten Traum hatte liegen lassen, um an einem Spätwintertag auf die Wiederkehr der Morgensonne zu warten und dabei auf Empfindungen zu stoßen, die ihn nie vorher gestreift hatten. Ich hörte ihm zu. Frauen wie ich lieben es, wenn ein Mann von sich und seinen Gefühlen spricht. Ätzend dagegen finde ich, wenn mir ein Mann, zu dem ich mich hingezogen fühle, den Gebrauch eines neuen DVD Gerätes oder das Innenleben eines Computers darlegt. Ich bin ein Software- und kein Hardwaretyp. Der Abend multiplizierte sich zu einer unermesslichen

Annäherung. Er sprach. Ich hörte zu. Dann erzählte ich. Und er lauschte. Aktives Zuhören ist eine Kostbarkeit, deren Wert nicht hoch genug eingeschätzt werden kann. Diese Nacht wurde von uns zu keiner Sexaffäre gemacht. Irgendwann meinte Daniel grinsend: «Ich glaube fast, du hast es auf mein Herz abgesehen, Mira!» »Habe ich denn eine Chance?«, hakte ich kess nach. Er strich mir sanft über den Kopf und küsste mich behutsam auf die Stirn. »Alles ist möglich, nichts ist sicher«, erwiderte er leise, fast melancholisch. Und ein Augenblick fiel vom Himmel wie eine Sternschnuppe.

~ ZWÖLF ~

Krise

Am nächsten Tag war ich bester Dinge. Das Gefühl eines Durchbruchs hatte sich meiner bemächtigt. Ich schwebte. Aus meiner Sicht war ich war von der Besenkammer in den Flur gelangt und nun bereit, mit Riesenschritten in den Wohnbereich zu laufen. Doch ich hatte die Rechnung ohne den Wirt gemacht. Daniel, der mich bei meinem Aufbruch noch mit einem herrlichen Frühstück verwöhnt und mir überschwänglich für das Ausräumen der Spülmaschine gedankt hatte, meldete sich weder an diesem noch am nächsten noch am übernächsten und auch nicht am darauffolgenden Tag. Er reagierte nicht auf meine Anrufe, schickte keine Blumen, und als ich bei seiner Sekretärin endlich durchkam, erklärte diese mir kühl: »Herr Baron ist auf Termin.« Nichts hatte sich geändert. Sein Schweigen war so brüllend laut, dass ich fürchtete, taub zu werden oder in Schockstarre zu verfallen. Ich fiel. Kraftlos fiel ich aus meinen luftigen Höhen in ein tiefes Loch. Ein Loch, das luftleer zu sein schien. Und obwohl ich beinahe daran erstickte und alles in mir atemlos nach Luft rang, wusste ich doch eines absolut sicher. Auch wenn ich mich nie wieder mit ihm einlassen würde, auch wenn ich mit aller Kraft versuchen würde, das Buch unserer eindimensionalen Geschichte zuzuschlagen – er war kein abgeschlossenes Kapitel in meinem Leben und würde nie eines sein, wenn es mir nicht gelänge, die leeren Seiten zu füllen. Es war kein sexuelles Problem – Sex gehörte, seit ich mich mit 13 Jahren aus purer Neugierde von irgendeinem Typen hatte entjungfern lassen, zu meinem Leben wie Essen und Trinken – sondern ein emotionales. Also machte ich mich am Wochenende wie schon so oft auf den Weg, ihn wiederzufinden. Aber dort, wo ich ihn vermutete, traf ich ihn nicht an. Ich durchforstete und umkreiste seine Stammlokale wie ein Trabant, der sich um seinen Planeten dreht, und wurde dabei immer verzweifelter. Irgendwann als die Nacht schon fortgeschritten und ich schon ziemlich am Boden zerstört war, fragte ich Kay, den Barkeeper schließlich, ob er Daniel gesehen hätte.

»Ja«, meinte Kay, »der war vorhin mal kurz hier, ist dann aber mit Heidi verschwunden. Kann noch nicht lange her sein.«

Ein Abgrund tat sich vor mir auf. Kay warf mir einen kurzen Blick zu.

»Alles okay?«

Ich nickte, verließ die Bar so rasch ich konnte, warf mich unglücklich in die Arme der Nacht, getrieben von meiner grenzenlosen Sehnsucht. Ich konnte an nichts anderes mehr denken. Vollkommen aufgewühlt eilte ich in der Dunkelheit umher, fühlte mich schrecklich einsam und verlassen, wollte die Suche aber nicht abbrechen. Wie von unsichtbaren Fäden gezogen, folgte ich meiner Intuition und landete schließlich auf einem schlecht beleuchteten Parkplatz. Im trüben Licht einer einsamen Straßenlaterne erkannte ich Daniels Wagen. Ich schlich näher, drückte mein Gesicht an eines der Fenster und entdeckte im Inneren des Wagens nicht nur einen, nein, zwei Menschen, die trotz der kühlen Außentemperatur mit der eindeutigsten Sache der Welt beschäftigt waren. Mir stockte der Atem, konnte nicht fassen, was ich da sah. Zeugin eines Geschlechtsakts. Ich stand da wie festgefroren. Kälte kroch mir unter die Haut und ließ mich erschauern. Wie hypnotisiert starrte ich in das Auto. Plötzlich kurbelte die Person auf der Fahrerseite energisch das Fenster herunter und sprach mich in einem Ton an, als sei ich eine ungehörige Spannerin oder eine störende Spinnerin.

Wie gebannt starrte ich in Daniels Gesicht. Mit aller Kraft unterdrückte ich meine Tränen und stammelte: »Da bist du also, ich suche dich schon den ganzen Abend.« Dann rannte ich davon. Kein Mensch hätte mich in diesem Moment aufhalten können. Schutzsuchend floh ich in mein eigenes Auto, um dort meinen Tränen freien Lauf zu lassen. Nie, nie, nie wieder wollte ich diesen Mann an mich heranlassen. Nie wieder mit ihm zu tun haben. Nie wieder Zärtlichkeiten mit ihm austauschen. Nie, nie wieder. Ich war wild entschlossen. Am nächsten Tag jedoch entdeckte ich folgende Zeilen von Daniel in meiner Mailbox:

Liebe Mira, der Wunsch, mit Dir zu reden, ist riesengroß. Über das Ausmaß bin ich mir nicht im Klaren: ich fühlte gestern Nacht nur blitzschnell und in aller Deutlichkeit, als ich Dein weißes Gesicht endlich in der Dunkelheit erkannte, dass es für mich schlimm sein müsste, wenn du Dich plötzlich aus meinem Leben ausblenden würdest. Den Horror dieser Begegnung hast also nicht nur Du erlebt. Ich liebe eine gewisse Ironie des Schicksals und den schwarzen Humor, weil sie oft die Rätsel lösen. Wie Du da plötzlich am Fenster standest, das war ein bisschen wie Hitchcock vor Ort. Und es war makaber, dass ich Dich nicht gleich erkannte und deswegen auch siezte. Aber ich liebe das Makabre. Hast Du denn nicht gemerkt, dass ich mich trotz der fatalen Situation ehrlich freute, Dich zu sehen?! Meinst Du, ich sei so unsensibel, dass ich nicht gespürt hätte, dass Du mich an diesem Abend gebraucht hättest?! Es hat mich tief im Herzen berührt, als ich das in Deinen Augen sah. Überhaupt hast Du mich berührt, Liebes. Du hast mich in dieser Nacht ganz eigentümlich berührt. Und unser Gespräch vom vergangenen Sonntag ist mir so gegenwärtig wie schon lange kein Gespräch mehr. Bitte melde Dich. Daniel

Wieder einmal war ich hin- und hergerissen. Direkt konfrontiert mit seiner Untreue, die ich immer geahnt und vermutet hatte, fühlte ich mich sowohl verletzt als auch angewidert. Exakt zu diesem Zeitpunkt aber rückte nun mein Traum näher als jemals zuvor. Wie paradox! Meine Gefühle wirbelten stürmisch durcheinander. Meine Verstimmung bewegte sich am Rande einer euphorischen Depression, die dann und wann von donnernden Zornwellen aufgeschäumt wurde. Ich schrieb ihm, dass ich kein Interesse hätte, mit ihm zu reden, dass er ein verdammt sexistischer Typ wäre, der mich von nun an im Depot seiner Eroberungen ablagern und verstauben lassen könne. Mit jeder Silbe, die ich von mir gab, erklärte ich ihm, wie beschissen ich sein Verhalten auf dem Parkplatz fand, wie sehr er mich gekränkt hatte.

»Warum zensierst Du mich so, Mira?«, antwortete er mir. »Ich habe Dir nie etwas vorgemacht. Du hast mich ebenso aufgerissen wie ich Dich. Wer das Spiel spielt, ohne gemeinsame Regeln aufzustellen, braucht sich später nicht zu wundern. Ich will mich mit Dir verabreden und mit Dir sprechen. Es soll ein Geschenk, ein Klärungsangebot sein. Ich nehme mir Zeit für Dich, kann eben auch ein anderes Wort für ICH LIEBE DICH sein. Nun bringst Du es in dem Augenblick, in dem ich mein Herz für Dich entdecke, doch tatsächlich fertig, davonzulaufen und schon im Vorfeld aus einer Verabredung ein Kavaliersdelikt zu machen. Das sexistische Schwein in mir ist versucht, zu rufen: Bravo! Aber auf das höre ich nicht, weil ich durch Dich Lust bekommen habe, auf mein Herz zu hören. Ist doch großartig, findest Du nicht? Die Umstände haben mir von jetzt auf nachher gezeigt, wo ich stehe. Du bist zu etwas Besonderem in meinem Leben geworden. Und ich lasse diesen Zug nicht abfahren, ohne zu versuchen, auf ihn aufzuspringen. Resignation will ich mir nicht leisten, denn sie steht mir nicht. Heute Abend zwischen 19 und 20 Uhr rufe ich Dich an, um mich mit Dir zu verabreden, einfach weil ich mit Dir zusammen sein und Dir sagen möchte: Mira, ich liebe Dich. Du und ich, wir haben uns aufeinander zugeträumt, auch wenn ICH mich nicht zu erinnern schien. So ist das mit diesen Träumen, denen man sein Leben schuldet. Liebes, ich nähere mich der Wirklichkeit und den gemeinsamen Berührungspunkten. Ich bin aufgewacht! Gib diesem Kerl, den DU wachgerüttelt hast, eine Chance, Mira!«

~ DREIZEHN ~

Liebe

Merkwürdig ist das manchmal. Da ist man nun am Ziel seiner Träume angelangt – und was geschieht? Man zögert, zickt und zaudert. Das Spiel von Macht und Ohnmacht setzt sich fort, lediglich mit veränderten Vorzeichen. Als er mich abends wie angekündigt anrief, nahm ich das Telefon zwar ab und hörte mir seine Vorschläge mit klopfendem Herzen und kalten Fingern an, ging aber auf keinen von ihnen ein. Ich hatte beschlossen, meine Zweifel zu hegen, meine Wunden zu pflegen und ihn zappeln zu lassen. Nach außen gab ich mich entschieden, innerlich aber bebte ich. Einen ganzen Tag lang hielt ich durch, dann rief ich ihn an. Er klang ziemlich mitgenommen.

»Du hast zu lange gewartet«, neckte er mich liebevoll und hustete dabei heftig. »Es hat mich voll erwischt. Ich bin ziemlich ansteckend.«

»Das macht mir nichts. Kennst du denn nicht den Spruch von Pasteur? »Das Milieu ist alles, die Bakterie nichts«, erwiderte ich betont fröhlich. »Ich möchte dich besuchen. Sehen wir uns morgen?«

»Ja, aber ganz gemütlich, weil ich seit heute Anti-
biotika nehme.«

Wie immer versetzte mich seine sonore, von leich-
ter Ironie durchdrungene Stimme, in höchst angenehme Empfindungen.

»Ja, so machen wir das. Ich freue mich.«

»Ich freue mich auch auf die Gemütlichkeit mit
dir. Tschau, bis morgen dann, Mira!«

Als ich nach diesem Gespräch auf meinen Balkon
trat, um Altlasten abzuschütteln, trat am Firmament
neben der scharf sichtbaren Kontur der Mondsichel
soeben Stern für Stern in Erscheinung. Der Himmel
trug eine Farbe, wie ich sie nie zuvor gesehen hatte:
indigoblau. Es war berauschend. Ich nahm dieses in-
digoblaue Gefühl in mich auf und trug es mit mir,
als ich am nächsten Abend auf Daniels Wohnung
zuschritt. Ich liebte jeden Stern und jeder Stern liebte
mich.

Er lag im Bett und grinste mich an. Renata, eine
alte Freundin von ihm, wie er mir sofort augenzwinkernd mitteilte, die ganz in der Nähe wohnte, hatte
ihn gerade mit Medikamenten und Essen versorgt
und mir die Tür geöffnet. Merkwürdigerweise löste
das keine neue Irritationen oder Frustrationen bei
mir aus, zumal sie sich nach meinem Erscheinen
ziemlich rasch und unauffällig verabschiedete.

»Wonach riechst du bloß?«, fragte Daniel, als ich
mich über ihn beugte, um ihn auf die Stirn zu küssen.

»Nach einer Zigarre«, antwortete ich. »Ich habe
eine probiert, weil ich wissen wollte, wie das schmeckt,
was du so liebst und ich habe dir auch gleich eine

mitgebracht. Voilà!« Damit zog ich eine Cazadores Zigarre der Marke Romeo y Julieta aus der Tasche, für die ich mich hauptsächlich wegen des Namens entschieden hatte. Daniel war begeistert und freute sich ganz offensichtlich riesig darüber. Ich erzählte ihm von meinem ersten Besuch in einem Zigarrengeschäft. Wie ein Fußfassen in einer eigenwilligen, würzigen Welt mit Kultcharakter war mir dieser Besuch vorgekommen.

»Du bist die erste Frau für mich in der sich Muschi, Gefühl und Intellekt vereinen.« Daniel wirkte euphorisch, als er das sagte.

Es ist nahezu unmöglich, die vielen Einzelheiten aus dem Leben, das nun mit Daniel begann, wiederzugeben. Momente, die du liebst, lieben dich. Und Momente, die dich lieben, liebst du. Du nimmst sie voll und ganz und sie nehmen dich, ohne dabei konserviert werden zu wollen. Vollkommenheit. Einssein. Verschmelzung. Ich war so in Liebe mit ihm. Einfach unbeschreiblich. Grenzen lösten sich auf. Es verging kein Tag, an dem wir uns nicht neu entdeckten. Die Flamme des Begehrens loderte inmitten der wärmenden Glut der Geborgenheit. Kein Flächenbrand, sondern ein magisches Feuer, dem weder die Nahrung noch die Luft ausging und das jedem Wolkenbruch stand hielt. Glück. Reines Glück. Wer lieben kann, ist glücklich. Außerdem konnte man das Leben mit Daniel herrlich genießen. Er war dem Genuss auf appetitanregende Art und Weise verfallen und herzlich und aufrichtig genug, um mich überschwänglich daran teilhaben zu lassen. Hedonismus pur war seine Natur. Was für ein Leben! Es hätte ewig so weitergehen können. Der Morgen einer Liebe ist auf traumverlorene Weise unerschöpflich. Er ist vielversprechend und verheißungsvoll, sogar wenn er düster beginnt.

Ich zog mit Daniel in sein Landhaus, in das ich mich auf Anhieb verliebte. Dadurch verkürzte sich mein Weg ins Büro, während er die Unannehmlichkeit einer etwas längeren Anfahrt als von seiner Stadtwohnung aus mir zuliebe bereit war, nun ständig in Kauf zu nehmen. Das Glück hatte bei uns angeklopft. Für einen Weltenaugenblick zeigte es sein Gesicht am Fenster – ein kreisrundes mit dem breitesten Lachen darauf, das es gibt. Das Glück ist kahl. Es hat keine Haare. Eigentlich logisch, denn so kann das Glück so oft es will den Kopf schütteln, ohne dass eventuell ein Haar in eine köstliche Suppe oder womöglich in den Salat fällt. Nichts aber auch gar nichts verschleiert einem Glatzkopf den Blick. Freie Sicht. Das Glück ist höchstens mittelgroß, sogar eher klein. Es wirkt verschmitzt und gutmütig – so ein bisschen wie der auf dem Dach, den Astrid Lindgren Karlson nannte. Sie wusste eben auch, wie das Glück aussieht. Auf jeden Fall ist Glück etwas Wesentliches, wie alles, was wirklich wichtig ist. Nicht DAS WICHTIGSTE überhaupt, aber doch ganz schön wichtig. Man kann mit dem Glück auf du und du stehen. Das förmliche Sie beiseite lassend, ein wenig Vertrauen fassend und ein offenes Herz für dieses kleine Kahlköpfchen mit dem lachenden Mondgesicht und schon streift es gelegentlich vorbei und macht dich froh. Manchmal gelingt es einem sogar, es für eine Weile festzuhalten. Das Glück ist übrigens zeitlos – sehr jung und sehr alt zugleich. Es kommt aus einem anderen Reich, ist eher ein Hobbit als ein Mensch. Ich danke dem Glück, dass es mir durch seinen Fensterblick gezeigt hat, was für ein Glück ich habe. Allerdings ist Glück auch zerbrechlich.

Meine anhaltende Freude und mein Wohlgefühl wurden durch den Gesundheitszustand Daniels getrübt. Nach der beginnenden Lungenentzündung des besagten Abends, als ich quasi bei ihm einzog, ließ seine Gesundheit nämlich sehr zu wünschen übrig. Zunächst schlug das Antibiotikum nicht an, das ihm der Arzt verordnet hatte. Erst der Wechsel zu einem speziellen Antibiotikum brachte ihn wieder auf die Beine. Aber selbst nach seiner Genesung fühlte er sich lange schlapp und vermisste seine alte Vitalität. Da alle Untersuchungen ohne Befund ausfielen – Röntgenbild und Blutbild okay –, betrachteten die Ärzte ihn als auskuriert und empfahlen ihm, sich einfach mehr zu schonen oder eine berufliche Auszeit zu nehmen: »Der Stress, verstehen sie«, hieß es. Auch eine Lebenskrise hielten sie andeutungsweise für möglich, um die diffusen Beschwerden zu erklären.

Daniel aber empfand sich wirklich entkräftet, bekam bei der geringsten körperlichen Anstrengung erhöhte Temperatur, wie das Thermometer bewies, und war beunruhigt, wie ich deutlich spüren konnte, auch wenn er die Sache nicht dauernd thematisierte. Eine ganze Weile suchte er weiter verschiedene Mediziner auf, bemühte sich um Abklärung, aber alle hatten offenbar beschlossen, sich der Meinung des erstbehandelnden Arztes anzuschließen. Reihum erklärten sie ihn für gesund, gaben ihm im besten Falle gute Ratschläge mit auf den Weg und betrachteten den Fall als abgeschlossen. Der Lungenfacharzt, den Daniel zuletzt aufsuchte, machte ihm sogar recht unverblümt klar, dass er diese gesundheitliche Besorgnis für überkandidelt hielt und ein psychisches Problem dahinter vermutete.

»Tja, Herr Baron, sie können sich von nun an ins Bett legen und sich als krank betrachten, was sie dann auch sind, oder sie joggen jeden Tag einen Berg rauf und runter. Und entweder sie überleben das, oder sie sterben daran. Sollten sie es jedoch überstehen, das garantiere ich ihnen, werden sie mit der Zeit gestärkt daraus hervorgehen«, meinte er bloß, wie Daniel mir später erzählte. Mein Geliebter ließ sich das nicht zweimal sagen. Er begann sofort zu trainieren. Am Anfang nahm es ihn noch mit. Aber er kämpfte gegen die Zerschlagenheit an und gewann nach und nach seine Kondition zurück. Monate später wachte er eines Tages in bester Stimmung auf. Die Erschöpfung, die ihn so lange gequält hatte, war verflogen, wie er versicherte. Ich freute mich riesig für ihn. Es schien ihm tatsächlich besser zu gehen. Sein Zustand hatte zwar keine Auswirkungen auf unser Liebesleben gehabt – Sex war für Daniel wie ein Lebenselixier, dem er auch in weniger guter Verfassung frönte, ja, gerade dann schien er ihn besonders zu brauchen – aber mich hatte das Ganze stark mitgenommen.

»Ich liebe dich, Mira«, sagte er zu mir. »Was bist du für ein außergewöhnliches Wesen, diesen ganzen Schrott mit mir durchzustehen. Lass uns sobald wie möglich eine längere Reise antreten.« Anfang April, als die Messe und die Logistik hinter mir lagen, was die Bestellung für Herbst/Winter 1998 und die Auslieferung für Frühjahr/Sommer desselben Jahres betraf und ich in der Firma, in der ich seit Beendigung meines Studiums arbeitete, einigermaßen entbehrlich war, brachen wir auf. Daniel hatte mit seinem Partner bereits das Wichtigste geklärt. Unser Ziel hieß Portugal. Sechs Wochen lang, das war in meinem Job schon ein Rekord, ließen wir die alltäglichen Herausforderungen hinter uns und genossen unsere Liebe und das Leben.

~ VIERZEHN ~

Auf dem Jakobsweg

Als Fan des brasilianischen Schriftstellers Paulo
Coelho, der auf den Spuren des Jakobus zu seinem
Coming-out als Autor gefunden hatte, überredete ich
Daniel, der sich am liebsten in ein Flugzeug gesetzt
und in Faro einen Mietwagen genommen hätte, die
ganze Strecke nicht nur mit dem Wagen zu fahren,
sondern ganz bewusst einen Umweg zu machen, der
uns am Jakobsweg, eines im Mittelalter entstandenen
Pilgerpfades entlang nach Portugal führen sollte.
Statt zu Fuß von Ort zu Ort zu ziehen, fuhren wir in
Daniels sportlichem Zweisitzer auf Straßen, die dem
modernen Verkehr angepasst waren und zugleich
den Jakobsweg säumten. Obwohl wir weder direkt
auf dem Pfad des heiligen Jakob wanderten noch
irgendwelche Meditationsübungen exerzierten und
uns auch nicht in die Geheimnisse der wallenden
Begehung versenkten, wurde dies eine höchst ungewöhnliche Reise, die ich nie vergessen werde.

Bereits das schnittige Durchqueren von Frankreich, einem Land wie Milch und Honig, wie mein
frankophiler Großvater zu sagen pflegte, war herrlich:

Wunderschöne Landschaften, die wie in einer mit dem Horizont verschmolzenen Linie ohne Punkt und Komma an uns vorüberflitzten, Croissants oder Petit pains au chocolat aus duftenden Bäckereien und Café au lait in kleinen Dörfern, die still vor sich hin träumten und manchmal plötzlich vom Rauch kubanischer Zigarren angeweht wurden, verkürzten uns die rasante Fahrt, die wir nur durch eine einzige Übernachtung unterbrachen. In Lourdes, dem berühmten Wallfahrtsort schaute uns ein kleines Mädchen mit großen Augen nach. Das rührte mich. Daniel, dem die Kleine zuerst aufgefallen war, ließ seiner Begeisterung freien Lauf: »Was für ein bezauberndes Kind! Sie erinnert mich an dich, Mira. Diese sprechenden Augen mit dem verträumten Staunen darin. Ich hoffe, du wirst auch einmal so ein Kind haben.« Mein Herz schlug höher.

Dann nahmen wir Anlauf auf die Route, die uns durch die Pyrenäen zu einem der beiden Ausgangspunkte des Jakobsweges führen sollte, nach Jaca. Durch dichten Nebel schlängelten wir uns auf der Passstraße über die Grenze nach Spanien. Das Baskenland schwenkte unter Gelächter seine Mütze. Die Sonne tauchte das Himmelszelt über uns in eine schwebende Bläue ohne Vogelflug und die Landschaft vor uns in eine anschmiegsam erhobene Welt der farbigen Schattierungen. Je weiter wir kamen, desto mehr Abwesenheit von Leben atmete die Gegend, obwohl Spuren, wie beispielsweise die ringsum bestellten Felder, deutlich die Anwesenheit von Menschen belegten. Geisterhafte Stille rings um uns. Die Umgebung wirkte wie ausgestorben, wie mit einem Bann belegt – und das am helllichten Tag. Wir durchfuhren leere Dörfer, erblickten verlassene Häuser, zerbrochene Fenster, eingestürzte Dächer, alte vom Gras verwachsene Wege – Zeichen von unerklärlichem Stillstand und geheimnisvoller Abwesenheit. Die spannungsgeladene Ruhe und die spukhafte Totenstille begleiteten uns über eine weite Strecke. Wäre das leise Brummen des Motors nicht gewesen, hätte man das Gefühl bekommen können, dass die Welt einfach aufgehört hatte, zu existieren. In einem dieser Geisterorte, in Tiermas, wunderschön oberhalb des Embalse de Yesa, einem großen, tiefblauen See, gelegen, vertraten wir uns die Füße und erkundeten das Gebiet, das ebenso einsam wirkte wie schon die Landstriche davor. Die verwunschene Atmosphäre betörte uns.

Daniel schob mir soeben die Hand sanft unter meine Nackenhaare und war dabei, mich auf den Mund zu küssen, was er zungenfertig nach allen Regeln der Kunst beherrschte, als plötzlich ein verwitterter Mann mit ein paar Ziegen im Schlepptau auftauchte. Plötzlich stand er einfach da und starrte uns an – und wir starrten zurück. Schließlich gingen wir zu ihm hin, um ihn zu begrüßen. Unaufgefordert und große Einleitung erzählte er uns etwas von den Folgen des Krieges und der Resistance. Meine Spanisch Kenntnisse waren ordentlich genug, um zu verstehen, was er von sich gab. Freundlich und mit einer Baskenmütze auf dem Haupt skizzierte er längst vergangene Ereignisse, berichtete Dinge, von denen ich noch nie gehört hatte. Offenbar verfügte er über ein ziemlich lebendiges Erinnerungsvermögen. Als er ausgeredet hatte, ging er leise vor sich hinmurmelnd wieder seinen Ziegen nach. Kurz bevor er unseren Blicken entschwand, drehte er sich überraschenderweise noch einmal um und rief verschmitzt: »Meine Ziegen haben mir erzählt, dass die Erde unser Raumschiff im Weltall ist, das solltet ihr nicht vergessen, du und du.« Im ersten Moment meinte ich, ihn falsch verstanden zu haben, bis ein Blick ins Wörterbuch bewies, dass ich doch richtig gehört hatte.

Es war so absurd. Ein Ziegenhirt, der die Vergangenheit beschwor und dabei von Dingen sprach, die einem Star-wars-Film entsprungen sein könnten. Die Situation wurde immer unwirklicher. Lachend rannten Daniel und ich zum Wagen. Der mobil bereiste Jakobsweg zeitigte schon erste Auswirkungen, die uns amüsierten und doch irgendwie nachdenklich stimmten.

Alle Eile fiel von uns ab. Gemächlich rollten wir weiter. Hielten immer wieder an, um die sich ständig verändernde, sichtbare Welt um uns herum für einen Augenblick zu genießen. Es wurde Abend, bevor wir Pamplona, die berühmte Hochburg des Stierkampfes, erreichten. Wir hatten vor, dort zu übernachten. Doch schon die Suche nach einem Parkplatz gestaltete sich schwierig, ganz zu schweigen von der Zimmersuche. Unsere Vorstellungen - gepflegtes Hotel in der Innenstadt mit ansprechendem Ambiente und einer Garage für das Auto, damit es keine unnötige

Aufmerksamkeit erregen und Autoknacker anlocken würde – liefen ins Leere. Daniel quetschte das Auto in eine enge Parklücke in der Innenstadt und sprach eine üppige Rothaarige mittleren Alters, die gerade vorbeiflanierte, auf Englisch an, um Tipps für eine Unterkunft zu erhalten. Prompt antwortete die temperamentvoll wirkende Senhora in fast einwandfreiem Deutsch und lud ihn und mich spontan auf einen Drink in eine Bar gleich um die Ecke ein, deren Besitzer sie ganz offensichtlich gut kannte. So kamen wir neben einer Erfrischung zu einem witzigen Austausch von Informationen, nicht aber zu einem Zimmer. Sie hieß Dolores und hatte lange in Karlsruhe gelebt. »Du bist ein schöner Mann«, gurrte sie Daniel ungeniert an, »und das Täubchen, das da um dich flattert, ist ebenfalls ganz süß. Ich wünsche euch ein langes Leben mit viel Liebe, denn die Liebe ist das Beste, das Allerbeste, merkt euch das. Wie kommt man einem Menschen wirklich nahe? Ganz nahe«, schnurrte sie. »Durch Liebe. Nur durch Liebe. Es scheint andere Wege zu geben, sich einem Menschen zu nähern – Sex beispielsweise, Gemeinsamkeiten, Gewohnheiten, aber in Wahrheit gibt es nur einen Weg – die Liebe!« Wie sie das in diesem spanisch klingenden Tonfall auf Deutsch wiedergab, das war einfach umwerfend. »Die meisten Leute machen auf diesem Weg früher oder später schlapp«, monologisierte sie weiter. Denn er beginnt in der Regel feurig, endet jedoch meist eisig, weil wir den Anderen für unsere eigenen Schwächen verantwortlich machen. Aber merkt euch das! Liebe ist die Abwesenheit von

Eifersucht, Neid, Missgunst, Intoleranz, Besitzanspruch etc. Liebe ist die Anwesenheit von Vertrauen, Verständnis, Akzeptanz, Offenheit, Güte, Freiheit Das müsst ihr kapieren. Nicht ganz einfach für euer Ego, hm?« Dabei stupste sie Daniel wohlwollend an und lachte scheppernd, fuhr dann aber mit einem Wink auf die Zigarre, die Daniel zwischenzeitlich paffte, fort: »Das ist auch so etwas! Damit kenne ich mich aus. So würzig der Duft auch ist, der einen Raucher während und nach dem Genuss einer Zigarre umgibt – am nächsten Tag löst ein Atemhauch dieses Menschen beinahe einen Atemstillstand aus, so ekelhaft riecht das. Es ist, als würden dir Kadaver und Kloake in einem Zug entgegenwehen. Sie muss dich sehr lieben, wenn sie das klaglos hinnimmt.«

»Ich glaube, das tut sie«, gelang es Daniel einzuwerfen, aber Dolores ließ sich nicht aufhalten.

»Möge auch bei dir die Motivation immer Liebe sein – in jedem Moment deines Lebens.«

Meine Güte, was hatte diese Frau für ein Feuer. Mir schwindelte beinahe. Daniel jedoch hatte schließlich genug und verkündete freundlich: »Jetzt ist es gut, wir brechen auf, danke für alles.« Küsschen rechts, Küsschen links, dann waren wir wieder unter uns – und das war gut so.

So kam es, dass wir an diesem Abend – nach zwei bis drei späten, aber vergeblichen Versuchen, doch noch eine passende Hotelunterkunft zu ergattern, die Lust an Pamplona verloren und aus der Stadt hinausfuhren – in der Hoffnung, irgendwo Außerhalb ein Zimmer zu finden. Wir waren zwischenzeitlich sehr müde. Gleichzeitig sank angesichts der finsteren Nacht um uns herum unsere Zuversicht, noch eine angenehme Unterkunft zu ergattern, von Minute zu Minute. Wir wünschten uns nur noch unterzukommen und bei einem akzeptablen Essen und einem guten Glas Rotwein diesen endlosen Reisetag ausklingen zu lassen. Doch eine vielversprechende Unterkunft wollte und wollte nicht auftauchen. Zwischen Pamplona und Vitoria hielten wir schließlich irgendwann, irgendwo und irgendwie zermürbt an und buchten uns in einem kleinen Hotel direkt an der Straße ein. Nicht ahnend, dass dies die schlimmste Nacht unserer ganzen Reise werden sollte. In dem von Abfällen übersäten Barrestaurant aßen wir noch etwas, bevor wir uns auf unser Zimmer zurückzogen.

Daniel stand gerade unter der Etagendusche – ein Unding, das er außerhalb dieser verfahrenen Situation nie akzeptiert hätte – als plötzlich ein kurzes aber heftiges Gewitter einsetzte, das Gebäude erschütterte und den Strom lahmlegte. Vergeblich versuchte ich im dunklen Zimmer ein Feuerzeug oder Streichhölzer zu finden, sodass ich mich schließlich im Stockfinsteren auf den Weg machte, um ihn zu suchen. Mütterliche Warnungen von Wasser und Blitzschlag schossen mir durch den Kopf. Mir war ziemlich mulmig zumute. Auf dem Gang herrschte Totenstille. Das Gewitter, welches eben noch für so viel Getöse gesorgt hatte, schien vorbei zu sein. Ich rief leise Daniels Namen, aber er antwortete nicht. Später sollte sich herausstellen, dass ich die falsche Richtung eingeschlagen hatte und auf dem Gang entgegengesetzt von ihm gelaufen war. Während ich mich vorsichtig die Etage entlang tastete, kehrte Daniel nämlich tropfnass ins Zimmer zurück und beunruhigte sich wegen meiner Abwesenheit. Als ich endlich wieder auftauchte – es musste ihm wie eine kleine Ewigkeit vorgekommen sein, denn er wirkte ziemlich verstimmt – waren wir beide mehr als übermüdet und drückten die gegenseitige Sorge füreinander eher in Ärger als in Liebe aus. Die Worte von Dolores hatten sich in Luft aufgelöst. So hatte ich Daniel noch nie erlebt. »Warum hast du nicht hier auf mich gewartet«, herrschte er mich gereizt an, »anstatt im Nachthemd da draußen herumzulaufen. Ich habe den Schreck meines Lebens bekommen. In der blöden Dusche wäre ich ohne Licht fast ausgerutscht. Und als ich zurückkehrte, um mich bei dir aufzuwärmen, warst du verschwunden und ...« Ich schleuderte ihm entgegen, dass ich mir schreckliche Sorgen um ihn gemacht hätte, dass er, wie mir schien, eine Ewigkeit weggeblieben war, dass ich ...

Auf dem Höhepunkt der negativen Spannung, die sich da aufgebaut hatte, berührten wir uns, legten uns ins Bett, das wie alles in diesem Hotel eine Katastrophe war, und taten das, was unsere Körper fühlten. Die Auseinandersetzung war vorbei und vergessen. Wie einfach das Leben sein kann, wenn der magisch-magnetische Dienst im Dauereinsatz ist. Dennoch kamen wir nicht wirklich zur Ruhe. Durch unsere rastlosen Träume brausten die Lastwagen, die auf der direkt unter unserem Fenster gelegenen Straße die ganze Nacht fuhren. Einer nach dem anderen brachte die Scheiben zum Zittern und uns um unseren Schlaf. Wir hatten im trüben Licht und in dieser tiefschwarzen Nacht beim Einchecken gar nicht bemerkt, dass das Gebäude an einer sehr befahrenen Durchgangsstrecke lag. Aber auch diese Nacht ging vorbei. Ermattet bauten wir im Morgengrauen das Kuscheln erneut zur Vereinigung aus. Dann verließen wir diese Absteige ohne Frühstück, ohne Kaffee und ohne Reue. Ungesäumt und aufatmend fuhren wir dem Licht des Tages entgegen, fuhren nach Burgos, der hübschen und mit Ausstrahlung verbundenen Keimzelle des kastilischen Königreiches, wo einst Cid, der berühmteste aller spanischen Helden von einem geeinten Spanien von Meer zu Meer träumte. Von dort auf dem Weg nach León passierten wir friedlich einen Teil des Landes, in dem Weizenfeld an Weizenfeld liegt. Endlos scheinend. Träumerisch. Ewigkeit verheißend. Zuweilen tauchten in dieser unausgefüllt wirkenden Landschaft einsame Ortschaften auf. Merkwürdigerweise sahen wir dort so gut wie nie jemanden. Es schien, als wären wir allein auf der Welt. Die Straßen leergefegt, nur Erde und Himmel und wir. Hin und wieder fiel uns die eine oder andere kleine Lokalität am Straßenrand auf, vor der wir dann und wann eine Pause einlegten, Kaffee tranken und Tortilla oder Tapas aßen. Zumeist befand sich eine Frau hinterm Tresen, die nur spanisch sprach.

Das Leben war schön, ermutigend und unendlich. Daniel zu lieben, hatte mein Dasein auf eine Weise bereichert, wie ich es nie zuvor erlebt hatte. Ich konnte mir nicht vorstellen, dass mich irgendetwas von diesem prickelnden Mann je wieder würde trennen können. Die Welt war ein Ganzes geworden, das mir entgegenschwang und mich verzauberte. Die dehnbaren Stunden dieser Reise breiteten sich wie ein fliegender Teppich, in dem sich seine und meine Farben verwoben, in mir aus.

Hinter Astorga veränderte sich das Landschaftsbild völlig. Ein grünsattes Spanien begleitet von einem gelegentlichen Nieselregen sprühte uns entgegen. Wolken, die über Berge, Seen, Hügeln und der Templer-Burg von Ponferrada schwebten, wurden zu unseren ständigen Begleitern. Wir erlagen dem Ruf des Meeres, dem wir uns stetig näherten, und wichen vom Pfad ab. Anstatt nach Cebreiro weiterzufahren, bogen wir hinter Ponferrada Richtung Vigo ab. Santiago de Compostela konnte warten. Bergauf und bergab an El Barco vorbei ging die Fahrt. Wunderschöne Ausblicke bekränzten diese bewegte Gegend. Wohlgefällig breitete sich Orense vor unseren Augen aus. Und es grünte so grün in Carballino. Ein Auf und ein Ab. Am Abend erreichten wir Pontevedra. Unser Nachtlager schlugen wir schließlich in einem Parador in Campados auf, einem kleinen Badeort am Atlantik. Die stumme Sprache der Leidenschaft verband uns, nahm dem kühlen Regen und der Tristesse, die Galicien nach meinem Empfinden viel zu ausgiebig verströmte, ihre Trostlosigkeit. Überhaupt löste diese Region ein seltsames Gefühl in mir aus, für das es keine ausreichende Erklärung gab. Der graue Himmel allein konnte es nicht sein, dafür war ich viel zu glücklich. Daniel hatte es hierhergezogen.

Auf ihn übte Galicien eine seltsame Faszination aus. Mir waren die heißen, trockenen Strecken unserer Reise sehr viel lieber gewesen als die feuchte, aber düstere Fruchtbarkeit dieser Gegend, die mich bedrückte. Etwas vollkommen Unfassbares schlich sich in mein Gemüt, gefährdete meine glückliche Stimmung und verflüchtigte sich auch nicht wieder.

Als ich ein paar Tage später in der Jakobsstadt Santiago de Compostela vor der Kathedrale stand, die sich düster vor mir auftürmte, wünschte ich mir trotz der Gegenwart Daniels plötzlich nur noch eines: Weit, weit weg von diesem Ort zu sein, von dem ich mich bedroht fühlte, ohne dass ich hätte sagen können, woran das lag. Die Menschen waren freundlich, die Unterkünfte nicht eben zahlreich, aber gepflegt und ruhig. Die Landschaft war etwas Besonders. Aber mir graute. Ich weigerte mich, die Kathedrale zu betreten. Das Ziel aller Pilger löste Beklemmungen in mir aus. Das verwunderte Daniel, der inzwischen Geschmack an dieser Art Reise gefunden hatte. Er konnte überhaupt nicht nachvollziehen, was mit mir los war. Tatsächlich war es auch nicht zu begreifen, sondern ausgesprochen unerklärlich. Mehr und mehr fing der Aufenthalt in dieser spanischen Provinz an, mich schwermütig zu machen, was sich von Tag zu Tag verschlimmerte. Auch in den nächsten Tagen verspürte ich keinerlei Lust, die Kathedrale, geschweige denn die Krypta zu betreten. Daniel setzte sich mit mir in den Stadtpark und schlug vor, das Leben einfach zu genießen und kein Drama daraus zu stricken. Auf einem Denkmal ganz in der Nähe saß eine Horde von Kindern, die ihren Spaß miteinander hatten. Ein paar Meter weiter jedoch wartete schon einer darauf, den Kindern ihre harmlose Freude zu verderben. Mit forschen Schritten, eingezogenen Schultern ging er auf die Kinder los und sprach sie laut schimpfend an. Offensichtlich hatte er eine ziemliche Wut im Bauch. Er schüttelte so lange seine geballte Faust, bis die Kinder, die zunächst Mut beweisen und ihre Rechte verteidigen wollten, traurig und murrend von dannen zogen. Es sollte ein superkurzer Sieg für diesen Denkmalschützer werden. Eine Reihe Jugendlicher, samt und sonders große, starke Kerle, ließ sich genau dort nieder, wo noch vor wenigen Minuten die verjagten Kinder gesessen hatten und gaben lautstarke Geräusche von sich. Da hatte dieser Typ nun ausgespielt und demonstrierte seine ganze Kläglichkeit, indem er sich mit Leichenbittermiene trollte. Die Jugendlichen jubilierten – und aus sicherer Entfernung ebenso die Kinder. Wir freuten uns gleichfalls. In diesem Augenblickschlug Daniel vor, sofort weiterzureisen und Galicien den Rücken zu kehren – Tage früher als beabsichtigt. »Ich will, dass du dich wohlfühlst, dass es dir gut geht, ma chérie«, sagte er. Seine zärtliche Solidarität zauberte mir ein strahlendes Lächeln ins Gesicht. »Lass uns mit genau diesem Lächeln auf den Lippen die graue Wand durchdringen und nach Süden zur Sonne reisen. Pfeif auf Galicien!«, fuhr Daniel fort.

Wie atmet man Jubel? Im Nu packten wir unsere Koffer und verstauten sie im Auto. Daniel hielt sich an der Rezeption nicht mit Diskussionen auf, sondern bezahlte die Nächte kurzerhand, die wir nie hier verbringen würden. So schnell wie möglich ließen wir Galicien hinter uns. In mir jubilierte es. Je weiter wir uns von den Gebeinen des Jakobus, dem Ziel aller Pilger und dem langen Weg entfernten, der zu diesem Ziel führt, desto klarer wurde mir, dass ich nicht dazu geschaffen war, diesen Pfad des Werdens, der Langsamkeit, des Schmerzes und so weiter ... konsequent zu Ende zu gehen. Wozu auch? Der Mann neben mir war die Erfüllung meines augenblicklichen Lebens. Ich benötigte keine mystischen Eindrücke, oder irgendwelche Reliquien, kein trübes Wetter und keinen langen Gang, der mir nahe der Schmerzgrenze Unbehagen verursachte. Ich brauchte, um ungetrübt glücklich zu sein nur ein bisschen Sonnenschein, am Abend ein Glas Wein und Daniel, Daniel, Daniel ...

~ FÜNFZEHN ~

Leichtigkeit

Als wir uns auf staubigen Straßen entlang des At-
lantiks Portugal näherten – der Regen war zwischenzeitlich vom Wind vertrieben worden – hätte ich
die Welt umarmen können. Dieser Mann war mein
Held. Er verstand es so unglaublich, meinen Sehn-
süchten Raum zu geben. Wie sehr ich ihn liebte! Wir
fuhren und fuhren. Alle dunklen Wolken verflüch-
tigten sich, je weiter wir kamen. Längst hatten wir die
Grenze zu Portugal passiert. Das Land, in dem mich
ein tiefblaues Stück von eben jenem Glück streifen
sollte, von dem jeder Mensch in seinem Leben irgendwann einmal träumt. Portugal, Land meiner
Sehnsucht. Ewiges Saudade. Nur Portugiesen können
dieses Gefühl kennen, weil nur sie das Wort besitzen,
es beim Namen zu nennen. Saudades. Der einzige
Weg, um in die Zukunft zu reisen, ist, den Schleier aller Hemmnisse zu zerreißen oder wenigstens zu
lüften, damit die Illusion, die uns von Horizont zu
Horizont bannt, enttarnt werden kann und wir die
Freiheit, die uns in die Wiege gelegt wurde, erkennen.
Der galizische Gefühlsnebel in mir löste sich ganz

und gar auf und machte den zahlreichen Momentaufnahmen der Freude Platz gemacht, die diese Reise
von nun an bestimmten.

Sardinhas à Portuguesa und erfrischender Vinho
Verde in Porto. Das Klappern meiner Absätze auf
dem Kopfsteinpflaster windschiefer Gassen der alt-
ehrwürdigen Universitätsstadt Coimbra, wo das
Mittelalter schräg am Hügel hängt und Sonne und
Mond ein grüblerisches Lächeln schenkt. Portugiesische Bierchen im nüchternen Inneren einer Stu-
dentenkneipe. Bunte Tapeten und kullernde Betten
in alten Hotelkästen, die uns fürstlich beherbergten.
Das erbebende Leben Lissabons, wo sich überwältigende Heimeligkeit mit dem Duft der großen weiten
Welt vermischt, was dieser Großstadt am Tejo ein un-
verwechselbares Flair verleiht. Wir stürzten uns ins
Nachtleben. Kein schwieriges Unterfangen in dieser
Metropole des Kommen und Gehens. Lissabon verfügt über eine stattliche Anzahl guter Restaurants,
in denen einem der Wein entgegenfließt wie schwe-
res Blut. In zahlreichen Bars macht Live-Musik dem
Flimmerkasten Konkurrenz. Die Diskotheken sind
wie überall. Aber an allen Ecken und Enden lauern
Geheimnisse, die weit über das profane Dasein anderer Städte hinausgehen. Lissabon ist eine Stadt, die
metaphysisch überraschen kann.

Einen Abend lang verbrachten wir in einem bekannten Fado-Lokal, das, den ausgestellten Fotos
nach zu schließen, schon halb Hollywood bewir-
tet hatte, ließen uns teuer verköstigen, oder besser gesagt, abspeisen und spielten Touristen. Der

112

portugiesische Weltschmerz umkreiste uns wie die Motte das Licht.

Was schön war,kehrt nie zurück, aber wenn du die Trauer zulässt, glitzert in deiner Träne ein Schimmer von jenem Glück.So könnte man den Fado umschreiben und mit ihm die portugiesische Wehmütigkeit, eine Art rückwärtsgewandter und nie enden wollender Sehnsuchtsblick, dem die Portugiesen verfallen zu sein scheinen, jedenfalls kam es uns an diesem Abend so vor. Uns saßen Brasilianer gegenüber, die tränenüberströmt den Gesängen lauschten und mit den anwesenden Portugiesen immer wieder auf Portugal anstießen. Rasch wurde uns klar, dass wir inmitten dieser Nostalgie ein ziemlich ungerührtes Duo abgaben, überließen wir uns doch mehr amüsiert als malträtiert dem Trauerflor, dem mäßigen Essen, dem teuersten Wein, der uns auf dieser Reise vorgesetzt wurde, und natürlich unserem Liebesglück. Aus Sicht des Fados bestimmt ein sehr zerbrechliches, ja, sogar oberflächliches Gefühl. Aber das scherte uns nicht im Geringsten. Wir hätten uns in dieser Touristenfalle vor Lachen kugeln können, lediglich ein Rest von Höflichkeit hielt uns zurück. Dafür grinsten wir uns vielsagend an und lästerten immer wieder kräftig ab. Immerhin gehörte uns an diesem Ort unsere Sprache ganz allein. Im Tränenmeer der routiniert dargebotenen Traurigkeit waren wir ein Kontinent der Wonne und der Amüsiertheit. Wir waren weder abgetrennt noch verloren, wie es der Fado beschwor. Wir wollten auch nicht zurückblicken. Denn das Vergangene hatte keine Bedeutung für uns. Für uns war alles schön, unerschöpflich und von verliebter Heiterkeit. Eingehüllt vom Rauch der Havanna, die sich Daniel genüsslich gönnte, ließen wir das Unwiederbringliche sorglos an uns vorübergleiten und atmeten Endlosigkeit. Europas Tor zur Welt war nur eines der vielen Türchen unseres Liebeskalenders, der aus der ungeheuren Freiheit eines relativ langen Urlaubs und dem Zauber unserer Beziehung gebastelt worden war.Wir fuhren weiter, sammelten neue Augenblicke, entzückten uns. Daniels Tanz mit einem alten Mütterchen in Nazaré - bis in alle Ewigkeit werde ich ihn dafür lieben - deren seliges Zahnlückenlächeln sich in unvergessliche Erinnerungsfurchen grub. Immer wieder Ausblicke über die Klippen aufs Meer. Bläue, die sich selbst in braunen Augen spiegelte. Die Antwort, die bis heute nur der Wind kennt und ein Kuss, der die davongeflogenen Worte besiegelte. Azurblauer Meeresrand. Wolkenloser Himmel. Dann wieder Nebel über dem Atlantik - aus der sicheren Entfernung des sonnigen Landes ein seltsam anmutendes Schauspiel. Bunte Boote mit Fischern, die mir Muscheln schenkten, wie ich noch nie welche gesehen hatte - groß und wunderbar. Köstliche Eintöpfe, gezaubert aus einem Kochgefäß namens Cataplana. Behagliche Korkeichenhaine auf waldreichen Hügel. Erfrischende Eukalyptusalleen. Kleine Imbisse in Tavernen am Straßenrand. Scharfes Grillhähnchen namens Frango piri-piri. Marzipan und Madeira. Portugiesische Fliesen, Azueljos genannt, die fröhlich die Farben dieses klaren Landes reflektieren, welches doch gleichzeitig so viel düstere Melancholie ausbrütet. Bougainvilleas und andere prächtige Blumengewächse an weißgetünchten Wänden. Die Einmaligkeit einer blühenden Agave. Das Leben kann so schön sein.

Berauscht durchstreiften wir die schnittige Bläue. Reisten weiter und immer weiter – in der unausgesprochenen Gewissheit, irgendwann an einen Platz zu gelangen, der uns beiden einfach zurief: Ja! Si! *Si* ist ein großes Wort, obwohl es nur aus zwei Buchstaben besteht. Es besitzt mehr Größe als das englische yes, das zu leicht klingt, um ein Schwergewicht zu sein, ist zärtlicher als das ein wenig abgründige französische *oui,* dafür nicht so ausgedehnt wie das portugiesische *sim.* Si ist das eigentliche Ja der Welt, bejahend und feminin, belebend und hoffnungsvoll.

Und dann waren wir da. Etwas sagte si zu uns beiden. Alles, was uns so entzückt hatte, lag hinter uns. Die Berge, die Ebenen, die Städte, die Dörfer waren verschwunden. Das Meer außer Sichtweite. Kein Baum grüßte mehr. Wir fuhren und fuhren. Die Vegetation wurde immer dürftiger. Doch die Straße, auf der wir fuhren, hörte nicht auf, sondern zog sich weiter. Es war kein Ende in Sicht, nur ein weiter Horizont, der sich nicht greifen ließ, den wir aber gerade deshalb ergründen wollten. Wir folgten dieser Straße. Unbeirrt. Eine mächtige Anziehungskraft hatte uns erfasst. Wir mussten unbedingt wissen, was sich hinter dem Namen verbarg, der auf der Karte stand. Wir wollten den Ort sehen, auf den uns dieser mehr oder weniger glatte Asphalt hinbewegte. Wir hatten keine Vorstellung, aber der Sog ließ uns nicht los.

So erging es uns. Alles hörte auf. Die Hügelketten, die Strände, die Dörfer, die Felder. Wir konnten den Klang der Stille vernehmen, der uns auf unerklärliche Weise verband. Es gab nur uns, das Cabrio, sandige Erde, ein paar Grashalme und die Straße. Als uns der Wind nach einer Weile noch den Geruch des Meeres zutrug, wussten wir, dass wir das Ende dieser Straße kennenlernen mussten, komme, was wolle. Die Meeresbrise war wie ein zusätzlicher Anschub. Wir konnten ihr nicht widerstehen, Wir erlagen dem Ruf des Meeres, das wir beide über alles liebten. Irgendwann fuhren wir sowohl dem Asphalt als auch unserer Nase nach. Seltsam entrückt auf dieser zu diesem Zeitpunkt nur wenig befahrenen Landstraße und wie von einer unsichtbaren Macht gezogen. Wer weiß, vielleicht ahnten wir bereits, dass wir uns auf den Punkt zubewegten, wo wir den Rest unserer Ferien verbringen und den Höhepunkt unserer Liebe erleben sollten? Uns rief ein Ort, an dem alles Land einfach aufhört, weil das Meer es absorbiert, das grenzenlose, weite, unbezwingbare Meer, nachdem wir uns alle sehnen, obwohl wir es auch fürchten. Und wir erreichten ihn. Keine Schönheit dieser Ort. Kühler und rauer als andere Plätze im Süden Portugals. Weniger lieblich. Unwirklicher. Und gerade deshalb berückend. In Sagres, wo sechzig Meter hohe Klippen steil ins Meer abfallen, verabschiedet sich das kontinentale Europa, sagt die alte Welt Adieu. Es ist zu erahnen, wie viel Mut, Abenteuergeist, Zuversicht und Vertrauen es einst erforderte, sich dieser trotzigen Unendlichkeit, dieser Tiefe der Fluten,

116

dieser Ungewissheit des Meeres anzuvertrauen, um den Aufbruch ins Neue zu wagen.

Wir nahmen die Aufforderung dieses Landzipfels an, der uns umschlang wie ein beinahe Ertrinkender, der in letzter Minute dem Meer entrissen wurde. Wir stellten uns in den Wind und tanzten miteinander. Ich erinnere mich, wie wir anlangten. Plötzlich rechts und links einfache, weißgetünchte Häuser. Schließlich vor uns ein Felsenplateau, darauf in einiger Entfernung ein Fort und rechts davon noch weiter entfernt ein Leuchtturm. Wir bogen nach links ab, weil uns dort das Leben dünkte, nach dem wir Ausschau hielten. Es war die für uns richtige Entscheidung. Mir ist, als sei es gestern gewesen, als wir vor dem kleinen Platz, der das Zentrum bildete, anhielten, den Wagen parkten, Kaffee tranken und irgendein Sandwich aßen. Der Wind zerzauste unsere Haare, während sich die Sonne gleichzeitig voller Glut in uns hineinsaugte. Der Kaffee schmeckte göttlich. Das Sandwich mit der Mayo-Soße ließ uns das Wasser im Munde zusammenlaufen. Die Zeit blieb stehen. Langhaarige Mädchen und Jungen, die aus diesem Alter längst herausgewachsen waren, aber aussahen, als ob sie seit Jahren in einem Immerfort-Urlaub lebten, entstiegen an diesem frühen Nachmittag bunt bemalten VW-Bussen oder kleinen verbeulten Renaults und taten, als seien sie soeben aus Woodstock angereist. Es schien, als ob die Flower-Power-Bewegung an diesem Ort überlebt hätte. Heimlich, still und leise hatte sie offenbar beschlossen, an diesem südwestlichsten Zipfel Europas Halt zu machen und ein wenig zu überdauern. Im Wind des Zeitlupentempos, das hier herrschte, war ihr das vortrefflich gelungen. Wer langsamer lebt, ist später fertig.

Ich gestand Daniel, wie sehr ich mir wünschte, dass die Zeit mit ihm nie vergehen würde. Dass ich immer bei ihm bleiben wolle, ganz gleich, was käme, weil ich ihn wie verrückt liebte. Ich konnte mir nicht vorstellen, dass ich jemals wieder jemanden so lieben könnte wie ihn. Ich verschwendete keinen Gedanken an das, was eine Freundin von mir einst festgestellt hatte und was sich schließlich auch bei uns bewahrheiten sollte: Die Entscheidung der Zukunft liegt nicht in der Gegenwart. Wenn die Zeit gekommen ist, spricht die Zukunft für sich selbst und entscheidet.

Daniel legte den Arm um mich, zog mich an sich und flüsterte zärtlich: »Du Süße, ich möchte jetzt mit dir schlafen. Komm lass uns so schnell wie möglich eine Unterkunft finden und den Rest des Tages im Bett verbringen.«

»Hey, du bist ja steif!«

»Ja, im Nacken«, spaßte er. »Ich kann mich kaum noch umdrehen. Ich habe nur noch Augen für dich.«

Wie ich seinen Humor liebte. Er konnte mich immer wieder zum Lachen bringen.

~ SECHZEHN ~

Liebesleid

Alles lief wie am Schnürchen. Wir mieteten uns ein kleines Haus mit Dachterrasse. Nur dass kein Swimmingpool dabei war, sollte sich später als ein Manko herausstellen. Denn wenn der Wind, was er meistens tat, stark blies, war das Baden im Atlantik trotz Sonnenschein ein sehr abhärtendes (Miss)Vergnügen. An diesem Nachmittag trugen wir unsere Koffer in das Ferienhaus, warfen uns auf das Bett und liebten uns. Mehrere Male hintereinander. Auf Daniel hatten Kaffee und fremde Plätze offenbar eine aphrodisische Wirkung, sie steigerten seine sowieso schon starke Libido auf überwältigende Weise. Ich ließ mich liebend gerne überwältigen. In mir wallte sofort Begehren auf, wenn ich neben ihm lag oder ihn berührte, oder wenn er mich berührte. Er hatte etwas an sich, das mich unweigerlich in seinen Bann zog. In seinen Küssen lag nicht das geringste Zögern, alle seine Berührungen waren frei von Zweifel. Und seine Konzentration beim Sex war unglaublich. Er war ein Mann, der sich dem weiblichen Körper hingebungsvoll widmen konnte, ohne dabei auch nur eine

Sekunde lang nachzulassen. Noch heute erscheint vor meinen inneren Augen ein vor Hitze flimmernder Tag durch den eine unermüdlich frische Brise streicht, wenn er mir in den Sinn kommt. Mit ihm zusammen zu sein, war ein heißes Gefühl mit erquikkender Wirkung. Er war einerseits ein zauberhafter Junge, der von Liebe, Schönheit, Frische und Klarheit träumte, andererseits aber auch ein ausgereifter Bengel, der vor nichts haltmachte. Oft eher belustigt als wirklich lieb, war er in seinen emotionalen Tiefen so gut wie unauffindbar, wenn er nicht gefunden werden wollte. Manchmal fragte ich mich, woran das wohl lag. Wohin entschwand er, wenn er sich innerlich entwand? Hatte er im Laufe des Lebens etwas verloren, das ihn zu wahrer Nähe unfähig machte, oder versuchte er zu verhindern, dass eine Frau zu seinem Innersten vordrang?

Da ist die Liebe die größte Kraft auf Erden, nicht nur für uns Frauen, sondern für jeden, der diese konstruktive Kraft wiedererkennt, erfasst und erwidert, und doch widersetzen wir uns ihr immer wieder. Liebe nimmt uns, wenn wir sie zulassen, von allen Einflüssen weg, die im Gegensatz dazu stehen, und entfaltet eine Wirkung, die größer ist als jede andere Macht, die es in dieser Welt gibt. Das ist vielen Menschen nicht bewusst. Sie verlassen sich lieber auf Besitz, Geld, Karriere, scheinbare Sicherheiten, Unabhängigkeit .... Ich aber wusste, seit ich ihm begegnet war, dass es nichts Größeres gibt als die Liebe. Ich wollte mich ihr ganz und gar aushändigen und mich von ihr tragen lassen.

Daniel jedoch gab den Weg in seinen Seelenraum nur sehr bruchstückhaft frei. Er konnte nicht anders, nehme ich an. In ihm war eine Wand, die keinen Durchlass hatte, weder eine Tür oder ein Fenster noch einen Spalt. Eine Barriere, an der jegliche Verbundenheit endete, auf der zu lesen stand, bis hierher und nicht weiter. In dem Raum, der hinter dieser Wand lag, wenn es ihn denn gab, war er ganz für sich, wollte er ganz für sich sein und ließ auch mich nicht hinein. Warum das so war? Ich weiß es nicht. Es war einfach so.

Hin und wieder, vor allem wenn er sich unbemerkt wähnte, lag eine abgrundtiefe Traurigkeit in seinen Zügen, eine Ermüdung, die mich beunruhigte. In solchen Momenten trat das männlich Kantige zurück und etwas anderes hervor, eine verwaschene Weichheit, die etwas Verlebtes an sich hatte. Dann erinnerte er mich an einen verlorengegangenen, leicht verwitterten Barockengel, der den Weg zurück in die heimischen Gärten nicht findet. Nahm ich diesen Ausdruck an ihm wahr, überfiel mich das Gefühl, Heute sei immer schon gewesen und ohne jegliche Bedeutung – denn es gab kein Morgen und würde nie eins geben. Es war, als ob die Dämonen ihre Fesseln sprengten und mich mit dem Anblick seiner Wahrheit konfrontierten. Dann wusste ich plötzlich mit glasklarer Gewissheit, dies ist ein Mann, der vor nichts haltmachen kann, der mehr lasterhaft lebt als wahrhaft liebt. Ein zu reich beschenkter Sohn der Erotik, dessen Antlitz die Verschwendungssucht widerspiegelte, der er sich bereits hingegeben hatte und noch hingeben würde. Ein Mensch, dem die Nächte laszive Schatten versprühten Lebens auf das Gesicht malten. Das stimmte mich schrecklich traurig. Und doch hatte ich keine Angst. Denn aus Daniels Augen blickten mich sowohl der Galgen als auch das Glück an. Verführerisch lächelnd sein von leiser Verwegenheit und weicher Verworfenheit gekennzeichneter Mund. Ich ahnte wie gewöhnlich, wie unerlaubt, schnöde und ausfallend er sein konnte, aber ich sah auch das Strahlen in ihm - ein heißes Strahlen, jung und ungebrochen. Dieses Strahlen konnte den Strick verbrennen und ihm Dinge nennen, durch die er dem Galgen entging, das wusste ich. Ich trotzte der Macht der Dämonen. Er war und blieb mein geliebter Galgenvogel, auch wenn er das Bad nur ungern mit mir zur gleichen Zeit teilte und nach dem Sex das Bett mitsamt Decke am liebsten für sich alleine gehabt hätte, was ich sehr genau spürte. Daran änderten auch das Geplauder und die Zärtlichkeit nichts, die er sich routiniert abrang. Intimität beschränkte sich bei ihm auf die rein geschlechtliche Vereinigung. Zu viel Nähe wollte er nicht zulassen, sie war ihm lästig. Er beanspruchte Aufmerksamkeit, aber eine, die ihm nicht zu nahekommen durfte. Er gebärdete sich wie ein Kind, das sehr beachtet werden, dabei jedoch allen seinen Spielereien und Vorhaben ungehindert und frei von Mahnungen folgen will, weil ihm sonst schnell alle Freude verdorben ist

Nach dem Liebemachen an diesem späten Nachmittag war er entspannt eingeschlafen. Ich schlich mich leise aus dem Zimmer, um das Haus und den kleinen Garten zu erkunden. Ich war nicht müde. Kaffee, unbekannte Orte und Sex übten auf mich eine belebende und motivierende Wirkung aus. Nach einer Weile setzte ich mich auf einen der Plastikstühle, die auf der Terrasse standen, und genoss die Ruhe. Zu leben fühlte sich umwerfend an. Alles war schön an diesem Tag.

Mit einem Mal fiel mir meine Freundin Ines ein, die im vergangenen Jahr – jung und gesund – einfach gestorben war. Der leise Tod der Engel schlich sich an sie heran und nahm sie mit sich. Sie telefonierte mit einer Geschäftskollegin und lachte eben noch fröhlich, als sie mitten im Satz verstummte und keinen Ton mehr von sich gab. Äußerst irritiert registrierte die Kollegin, dass die Verbindung zwar nicht unterbrochen, aber nichts mehr von Ines zu hören war, nicht einmal einen Atemzug. Sie versuchte noch mehrmals zurückzurufen, doch die Leitung war besetzt und blieb es auch. Da die Kollegin Ines gut kannte und wusste, dass sie alles andere als ein verantwortungsloser Scherzkeks ist, und sie sich auch nicht erklären konnte, wieso jemand weder auflegt noch weiterspricht, rief sie nach einigen Minuten die Eltern an, die eine dreiviertel Stunde entfernt auf dem Land lebten. Der Vater fuhr sofort los. Als er in der Wohnung seiner Tochter, für die er einen Ersatzschlüssel hatte, eintraf, hing sie lächelnd aber regungslos und totenbleich auf ihrem Sessel neben dem Telefon. Der sofort herbeigerufene Notarzt konnte nur noch ihren Tod feststellen. Ein Sekundentod, bei dem das Herz zu schlagen aufhört, obwohl es keinen Fehler und keine Schwäche hat. Auch sonst war Ines kerngesund, wie die Obduktion ergab. Sie war still und mühelos gegangen, hatte jäh eine Reise angetreten, von der es keine Wiederkehr gibt. Kein Abschiedsbrief, kein Adieu. Ein unerklärlicher, mysteriöser Tod, ein Davonfliegen in einem unbewachten Augenblick. Die Seele hat Gründe, die unserem Verständnis fremd sind. Ich kannte dieses Phänomen bis zu ihrem Tod nur von Säuglingen. Mir war völlig neu, dass es auch Menschen in den vor Leben sprühenden Zwanzigern treffen kann. Tief erschüttert nahm ich Abschied. Ich hatte eine meiner besten Freundinnen verloren. Ihr Tod war so unsagbar traurig und so unfassbar. Wohin war sie entschwunden in diesem unermesslich großen Weltenraum? Eine attraktive, kluge, besondere, auch besonnene junge Frau voller Pläne und Fröhlichkeit war von jetzt auf gleich vom großen Lebensspielplan verschwunden, unser lebendiges Miteinander für immer zu Ende und damit auch die unbeschwerte Fügung unserer letzten Begegnung, bei der wir nicht geahnt hatten, dass wir uns nie wiedersehen würden. Durch diesen Tod wurde mir klar, wie unmittelbar sich alles ändern kann. Aber warum musste ich an diesem wunderbaren Nachmittag daran denken?

Es ist eine trügerische Vorstellung, dass etwas bleibt, wie es ist. Nichts bleibt, wie es ist. Leben bedeutet permanente Veränderung. Es gibt kein Halten in alledem. Uns wird einzig und allein die Sicherheit des immerwährenden Wandels gewährt. Wenn man sehr, sehr glücklich ist und die Schönheit dieses

Glücks vollkommen empfindet und wahrnimmt, ist Traurigkeit immer ein Teil dieses Moments, aber in magisch-bewusster Gegensätzlichkeit vereint. All diese Empfindungen streiften mich in Sagres. Ich saß glücklich und traurig und lachend und weinend vor diesem fremden Ferienhaus. Ich fühlte mich geborgen, heimisch und vollkommen eins mit mir und der Welt und ahnte doch die Verlorenheit darin, weil sich an diesem herrlich unbekannten Ort Vergangenheit und Zukunft ineinander verwoben und in mir zerstoben.

Wenn wir uns an Plätzen aufhalten, wo wir noch nie gewesen sind, fällt es uns leicht, alles als neu zu empfinden. In der Routine des Alltags dagegen vergessen wir meistens, dass jede Sekunde, jede Minute, jede Stunde oder jeder Tag nagelneu, einmalig und unwiederbringlich ist und wertschätzen diese Einmaligkeit nicht.

Viel später erkannte ich, dass mich und Daniel dieses Bewusstsein verband. Denn es war bei uns beiden, wenn auch auf gänzlich verschiedene Art, sehr ausgeprägt. Wir verfügten über eine gemeinsame Frequenz. Wir schwangen trotz des Altersunterschieds gleich, gaben uns dem Leben in einer ähnlichen Leidenschaft und einem ähnlichen Tempo hin. Ich war selbst überrascht, als mir dieser Übereinstimmung bewusstwurde. Er als lebenserfahrener Mann verstärkte mich noch. Durch die Beziehung zu ihm begriff ich deutlicher als jemals zuvor, wie unwesentlich Zeit ist und dass es einzig und allein darauf ankommt, wie man schwingt und den Augenblick gestaltet und lebt.

Da saß ich also auf der Terrasse, betrachtete den Himmel, der immer noch in tiefem Blau erstrahlte, obwohl der Tag sich längst neigte, und philosophierte über die Zeit. Du hast das Gefühl, keine Zeit zu haben? Du hast keine Zeit, weil Zeit nicht zu haben ist. Zeit hat man nicht. Zeit nimmt man sich. Zeit fließt. Zeit ist kostbar und köstlich. Sie schmeckt nach mehr und atmet dabei manchmal schwer. Sie duftet nach Erde, nach Maiglöckchen, nach Heu, nach Äpfeln, auch gebratenen, und schließlich wieder nach Erde. Sie hat ein Tempo, einen Rhythmus wie der Flamenco. Ein spanisch sprechender Mensch versteht das und nennt die Zeit *el tiempo.* Wenn du das Gefühl hast, keine Zeit zu haben, stimmt das. Wer die Segel nicht lichtet, verpasst die Zeit. *Time ist on your side* singen die Rolling Stones. Sie liegen richtig. Wir sind die Zeit und die Zeit ist in uns. Denn Zeit ist nur ein Gedanke. Ein Geschenk. Manchmal Freude. Dann wieder Fluch. Objektiv und subjektiv. Begrenzt und unbegrenzt. Zeit ist immer so, wie wir sie erleben, in unserem ureigensten Tempo. Oft haben wir das Gefühl, dass sie flieht. Manchmal versuchen wir, ihr zu entfliehen. Deutsches Tempo sollte nicht der Maßstab europäischer Zeit sein. Eher der Zeitbegriff, den die Italiener und Portugiesen zugrunde legen: *tempo.* Unser Tempo können wir selbst bestimmen. Selbstbestimmung ist sowieso ein Schlüssel, der in das Schloss der geheimnisvollen Türe passt, hinter der wir die Zeit vermuten. An welchem Punkt wir stehen, wie beweglich wir sind oder wie starr – alles Phänomene der Zeit. Wenn wir sie aufgeben oder erleben, wie andere aus ihr heraustreten, haben wir die Chance zu empfinden, dass Zeit nicht nur temporär, sondern eine Illusion ist. Von uns geschaffen, von uns gewollt, um zu erfahren, wer wir sind, um zu bewahren, um zu ergründen, um zu erfinden. Der kleine große Schrittmacher des Lebens bringt uns nicht nur voran, sondern lehrt uns, wie wir leben sollen.

An diesem Abend gingen wir in ein Fischlokal zum Essen. Ein Gast am Nebentisch ließ seinen Hammer so heftig auf den Taschenkrebs vor sich sausen, dass dieser vom Holzteller auf den Boden sprang und durch einen frischen ausgetauscht werden musste. Daniel und ich prusteten los und lachten so lange, bis unsere Köpfe ganz rot waren. Situationen dieser Art brachten uns beide stets in lästerliche Stimmung. Das konnte richtige Ausmaße annehmen, bis hin zu wilden Auswüchsen.

Was für eine wundervolle Zeit! Die Liebe und die Lebensfreude geleiteten uns durch dieses Land der untergehenden Sonne. Die Tage zerrannen. Schwerelos und heiter. Das Getriebe der Welt, in dem wir sonst so umtriebig kreiselten, war abgestellt. Oft blieben wir den ganzen Vormittag im Bett. Hin und wieder gestattete mir Daniel, ihm nach dem Aufstehen beim Rasieren zuzusehen. Er bevorzugte die klassische Nassrasur, hielt von Rasierapparaten eher wenig, pinselte sich stattdessen im Handumdrehen ein, um mit der Rasierklinge den Schaum mitsamt Stoppeln behände abzustreifen. Ich liebte das. Ich hatte schon als Kind, sobald sich die Gelegenheit dazu bot, dieses

Ritual voller Faszination bei meinem Vater verfolgt, und ihn jedes Mal, sobald er richtig eingeschäumt war, um ein Küsschen gebeten. Rasierschaumwangen oder auch den Mund zu küssen, der leuchtend rot aber mühsam daraus hervorragte, war mir stets ein Vergnügen, dem ich nun erneut frönte.

Wir küssten uns durch den Tag, liebten uns an einsamen Stränden, die man nur zu Fuß erreichen konnte, oder hielten Schäferstündchen im Ferienhaus ab. Wir kauften Kondome mit Geschmack und spielten stundenlang Backgammon. Wir kochten fast nie, sondern saßen in der windigen Kühle des Abends unter bunten Glühbirnen, in Gartenlauben oder auch im schlichten Inneren von Restaurants, aßen Suppe, Salat, Zicklein, Spezialitäten aus dem Meer, Hähnchen, Marzipan, Vanilletörtchen und vieles mehr . Die Kellner hatten ihre Freude an uns. Trotz des Weltmännischen, das er ausstrahlte, war Daniel ausgesprochen volkstümlich. Er zeigte keinerlei Berührungsängste, nahm einen schäumenden Bierkrug ebenso gerne in die Hand wie ein gepflegtes Glas Wein und war bemerkenswert großzügig. Jeder, der uns gut bediente, konnte sicher sein, ein fettes Trinkgeld zu erhalten.

Wir verbrachten ganze Nächte auf der Dachterrasse des Ferienhauses und bewunderten die Sterne, die in diesem klaren, portugiesischen Himmel seidig funkelten. Wir ließen alles auf uns zukommen, vertrauten dem Zauber des Augenblicks. Losgelöst von allem anderen, pflegten wir den Raum füreinander. Es lag etwas Einmaliges darin, und ich genoss es zutiefst. In unserem Alltag zuhause trennten uns Besprechungen, Geschäftsreisen, Termine und andere Menschen. Hier gab es nur uns. Das Leben war grenzenlos weit und offen.

Ich wünschte, es wäre ewig so weitergegangen! Aber es ging nicht so weiter. Das Unglück näherte sich heimlich, still und leise, schickte sogar Vorboten. Am Ende unserer vorletzten Ferienwoche begegnete uns mitten in Sagres ein Klient von Daniel, der gleichzeitig ein alter Bekannter von ihm war. Diese Begegnung veränderte alles. Denn Erich Bareis, der mir in seiner überparfümierten Art auf Anhieb unsympathisch war, lud Daniel und mich wiederholt zum Essen ein. Mitsamt der Frau in seinem Schlepptau brannte er darauf, mit uns möglichst viel Zeit zu verbringen. Da Daniel das akzeptierte, ja sogar amüsant fand, leistete ich keinen Widerstand, zumal ich nicht als zickig gelten wollte. Zunehmend aber wurde Bareis zu einer Qual für mich, denn durch sein Auftauchen zerrann die traute Zweisamkeit mit Daniel. Die Zauberwelt, in der ich schwebte, zerbrach und kehrte in ihrer Vollkommenheit auch nie mehr zurück.

Als wir nach Deutschland zurückkehrten, nahm uns der Alltag sofort gefangen und sechs Monate später war die Beziehung zu Daniel auch schon vorüber – übrigens von einem Tag auf den anderen. Als ich eines Abends nach Hause kam, lag er mit einer attraktiven Frau in der Badewanne und hatte offensichtlich seinen Spaß. Die Enttäuschung sprang mich an wie ein schmutziges Tier, das auf der Suche nach Nahrung lange durch die von Menschenhand bezwungenen Ebenen gelaufen war, kaum wahrnehmbar in der Weite des Horizonts, nun aber plötzlich da, schauderhaft nah, blutrünstig, bestialisch und von erschreckender Realität. Schlagartig meinte ich nun auch zu begreifen, weshalb Daniel in den letzten Wochen kaum Lust gehabt hatte, mit mir zu schlafen, und beim Beischlaf so peinlich genau wie noch nie auf die Verwendung eines Kondoms achtete. Die Verantwortung, ihn daran zu erinnern, hatte er bisher nämlich mir überlassen, oft belustigt, hin und wieder aber auch ein wenig genervt, vermutlich weil ich nicht die Pille schluckte.

Zitternd stand ich im Rahmen der Badezimmertür und würgte mühsam heraus: »Ich kann damit leben, dass ich dich liebe, aber ich kann nicht damit leben, dass du mir das antust. Es ist aus zwischen uns!« Mein Herz raste. Er antwortete nicht. Er schaute mich nicht einmal richtig an. Sein Grinsen war fratzenhaft. Noch am selben Abend verließ ich zutiefst verletzt das Haus, nur mit den wichtigsten Sachen bepackt. Ich habe Daniel nie wieder gesehen.

Eineinhalb Jahre später, als ich bereits in New York lebte, erfuhr ich durch einen großen Zufall von Renata, dass er seit meinem Weggang ganz alleine und zurückgezogen lebte, und dass es ihm alles andere als gut ging. Ich fing an, noch einmal über alles nachzudenken, begann nachzuforschen und zog schließlich andere Schlussfolgerungen. Die Wahrheit breitete sich schonungslos in mir aus. Es war entsetzlich. Ich begriff, dass mir meine Vorurteile einen

Spiegel vorgehalten hatten und dass es nicht genügt, einfach nur zu lieben. Das machte mich schrecklich traurig. Seither vergeht kein Tag, an dem ich nicht an ihn denke. Die Erinnerung schwebt über mir und meinem Herzen und lässt mich die Bedeutung fühlen, die Daniel für mich hatte.

SIEBZEHN

Erklär mir Liebe

Soweit die Geschichte Miras, die ich aus E-Mails, Telefonaten, Recherchen und eigenem Wissen zu dieser Erzählung formte. Ich wusste genau, um wen es sich bei Bareis handelte, und ich kannte auch Renata. So klein ist die Welt. Man muss aufpassen, dass sie einem nicht auf die Füße fällt. Ich versuchte, Mira auf andere Gedanken zu bringen. Deshalb erzählte ich ihr den Beziehungskracher von Erich und seiner Ex-Frau.

Dora und Erich

Auf der Treppe legte er plötzlich die Arme um ihren Hals und fing an, sie zu würgen. Für einen kurzen Moment war ihr Gefühl des Vertrauens stärker als die Angst. Dann erkannte Dora, dass es ihm bitter ernst war. Abrupt überfiel sie Panik. »Du breiiges, hausbakkenes, schleimiges Etwas hast mir mal wieder hinterherspioniert, obwohl du weißt, dass ich das hasse«, schrie er wutentbrannt. Keuchend drückte er noch ein wenig fester zu. Dann ließ er sie so unvermittelt los, dass Dora beinahe die Treppe hinuntergefallen wäre. Erst im allerletzten Augenblick gelang es ihr, sich am Treppengeländer festzuhalten. Sie rang nach Luft. Als sie sich zu ihm umdrehte, schossen ihr die Tränen in die Augen. Das schien seinen Entschluss zu festigen, denn mit zwei, drei Schritten war er bei ihr und drückte erneut zu. Dieses Mal war es allerdings nicht ihr Hals, sondern einer ihrer Oberarme, und er drückte auch nicht so fest, sondern eher verzweifelt. Sein Gesicht war purpurrot und seine Augen glitzerten. »Ich schieße sie auf den Mond«, sagte er. Dora war sofort klar, was er meinte. Er würde seine Geliebte abservieren, so wie jede andere Geliebte vor ihr auch. Denn sie, Dora, war nachgiebig, verzeihend und hockte als seine nicht gütergetrennte Ehefrau auf allem, was ihm etwas bedeutete. Sie hockte nicht nur, sie klebte. Sie war ein besonders hartnäckiger Klebstoff. Das gefiel ihm. Es würde weitergehen, wie es schon immer weitergegangen war. Dennoch empfand sie im Unterschied zu früheren Ereignissen dieser Art keinen Triumph, sondern war aufgewühlt. Seine Aktuelle hatte sie kürzlich angerufen und ihr mitgeteilt, dass sie ein Baby von Erich erwarten würde. Das war natürlich furchtbar und änderte die Sachlage grundlegend. Sie klammerte sich am Treppengeländer fest. Er schaffte es doch tatsächlich, immer wieder Aufregung in ihr sonst so angenehm dahinplätscherndes Leben zu bringen. Seit fast fünfzehn Jahren waren sie verheiratet. Das abwechslungsreiche Luxusleben mit diesem gutverdienenden Manager verlief bis auf zwei Fehlgeburten und ungewollter Kinderlosigkeit in behaglichen Bahnen.

Sie hatten meist viel Spaß miteinander. Fieberhaft überlegte sie, kam zu dem Schluss, auch über diese Affäre hinwegzusehen, vorausgesetzt, das Kind wurde abgetrieben. Er würde das regeln, da war sie sich sicher. Er wollte kein Kind von einer austauschbaren Frau. Und austauschbar war jede, die vermögenstechnisch nicht mit ihm verbunden war. Danach würde sich alles wieder beruhigen. Eine schöne Reise würde folgen. Die Zeit würde in jener beschaulichen Gleichförmigkeit weitergehen, die ihr so guttat, und die ihr ermöglichte, in ihrem Trulli zu bleiben, einem mörtellos aufgeschichteten Leben mit Abgabefreiheit, einer Markenküche, Designermöbeln, duftenden Utensilien und teuren Dessous. Dass sich dieses Mal alles anders anfühlte, versuchte sie zu verdrängen. Sie schaute Erich an und begriff, dass seine Wut an ihrer Widerstandslosigkeit wie üblich abprallte. Sie wusste auch ganz genau, warum: Sie war trotz ihrer Schwammigkeit sehr hübsch. Sie roch fein, und sie war allzeit bereit. Sie war wie Wackelpudding. Und Erich liebte Wackelpudding. Besonders roten Wakkelpudding, weshalb sie auch bevorzugt rot trug. Erneut übermannte sie Beunruhigung. Sie lief die Treppe hinunter, um sich hinzusetzen. Vielleicht sollte sie doch noch einmal über alles nachdenken. Erich folgte ihr. In ihre Bedenken hinein hörte sie, wie er eine Griechenlandreise vorschlug. Außerdem beteuerte er, Irene vergessen zu wollen. »Sie will mich mit diesem Kind sowieso nur erpressen. Du weißt, dass ich das hasse. Ich bezahle die Abtreibung. Dora, Schatz, sei wieder gut!« Amore finto. Finito amore. Sie wollte weder das Vermögen teilen noch die Kleinkrämerin geben. Also fuhr sie mit ihm nach Griechenland. Nie vergaß sie, ihr Parfum und ihren roten Lippenstift aufzutragen. Seinen Seitensprung legte sie im Fach für unangenehme Erinnerungen ab. Sie wusste, was sich für eine wohlerzogene Dame ziemt, und was sich nicht ziemt, wusste sie hinter verschlossenen Türen auch.

Es geschah ein Wunder. Sie wurde wieder schwanger. Zehn Monate später gebar sie mit über vierzig ein kerngesundes, properes Mädchen. Erich war entzückt. Sie war beglückt und verliebte sich maßlos. Dieses gutriechende, zuckersüße Wesen mit den großen Kulleraugen bestimmte von nun an ihren Tagesablauf und gab ihrem Leben einen neuen Sinn. Es folgten Jahre, die so schön waren, dass sie am liebsten einen Erinnerungseinbauschrank eingerichtet hätte. Erich respektierte die Intimität seiner zwei Frauen, bot alles auf, was ein Mann in seiner Position so bieten kann, und war stets galant vom Scheitel bis zur Sohle. Kein falscher Griff mehr, nur noch Annehmlichkeiten. Ein noch viel größeres, noch gepflegteres Heim mit einem bezaubernden Kinderzimmer, von den Vorhängen bis zum Teddybären von Dora perfekt durchgestylt wie alle anderen Räume des Hauses auch. Eine Haushaltshilfe, die ihr das Gröbste abnahm, sodass sie sich ganz und gar Marie, dem eigenen Wohlbefinden und, wenn sie Lust dazu verspürte, dem Kochen und Backen widmen konnte. Dazwischen Reisen in Hotelanlagen, die sich zur Spezialaufgabe gemacht hatten, ihre Gäste und deren Kinder zu verwöhnen. Himmel auf Erden. Die Zeit verging. Erich suchte neue Herausforderungen. Als flexibler Manager wechselte er wieder einmal die Firma. Der berufliche Brocken war in jeder Hinsicht groß. Der Vorstand setzte ihn unter Druck. Ein Druck, der sich andauernd erhöhte. Da hatten sie schon ein neues Haus gekauft, es mit noch schickerem Mobiliar bestückt, die Küche noch moderner gestaltet und ihr Leben noch mehr beflügelt. Erich hatte wenig davon. Er war ständig unterwegs, und war er nicht unterwegs, saß er im Büro. Immer unter Dampf. Selbst Menschen, die ihn nicht kannten, konnten ihm aus hundert Meter Entfernung den drohenden Infarkt ansehen. Dora hielt sich mit Bemerkungen allerdings weitgehend zurück, denn er explodierte sofort, wenn sie seinen Zustand thematisierte. Sie wollte auf keinen Fall ihr Mutterglück gefährden, noch hatte sie die Absicht, Erich vom Geldverdienen abzuhalten. Sie war wie üblich bereit, über vieles hinwegzusehen.

»Du zeigst keinerlei Verständnis für meine angespannte berufliche Situation«, meinte er eines Tages. Seine Stimme klirrte vor Kälte. »Ich rudere wie ein Besessener, während du hier zuhause hockst und verklärt in den Kinderwagen glotzt«, fügte er hinzu. Sie schwieg. Was hätte sie auch sagen sollen? Pflegte sie doch lieber ihren Status quo ante, als sich unnötig aufzuregen. Aber der Tag, der ihr Leben nachhaltig verändern sollte, eilte leichtfüßig und unaufhaltsam herbei. Eines Tages fand sie in Erichs Unterlagen ein Bild und einen Brief von einer gewissen Inge. Der

Brief triefte nicht nur vor hemmungsloser Leidenschaft, sondern lieferte zudem noch Hinweise auf eine geplante Transaktion zum Aufbau einer gemeinsamen Firma. Als Dora Nachforschungen anstellte, fand sie heraus, dass es sich bei Inge um eine Geschäftsfrau handelte, mit der Erich seit geraumer Zeit zu tun hatte. Inge war vermögend, verheiratet und zehn Jahre älter als Erich. Sie war fassungslos. Sie weinte. Sie schrie. Sie stellte ihn zur Rede. Dieses Mal gab er die Affäre auf Anhieb und mit großer Gelassenheit zu. »Es hat gewaltig gefunkt«, meinte er. »Obwohl sie zehn Jahre älter ist!?«, quiekte Dora. »Das sieht man ihr nicht an. Sie ist in ihrer energischen, schmucken und souveränen Art das pure Gegenteil von dir. Du bist ein hübscher Pflotsch. Sie hat Power. Außerdem liebe ich ihre Mütterlichkeit, mit der sie mich großzügig beschenkt. Ihre Tochter ist fast erwachsen. Du dagegen hast doch seit Jahren nur noch Augen für Marie. Ich bin viel ruhiger geworden, seit ich mit Inge zusammen bin. Sie bewahrt mich vor dem Fall, während du mich eher in einen treiben würdest. Sie ist meine Insel, auf die ich mich aus den reißenden Fluten meines Buyout-Berufslebens rette. Ich liebe sie. Sie ist eine schwungvolle Business-Frau. Du dagegen bist ein haltloses Hausfrauen-Mindset und höchst anspruchsvoll noch dazu«, erklärte er kalt.

Dora stürzte in ein tiefes Wellental. Würde diese Beziehung ihres Mannes vorübergehen wie alle anderen auch? Was sollte sie tun? Immer ungenierter ging Erich seinen Stelldicheins mit dieser Frau nach.

Er schob Geschäftstermine und Geschäftsreisen vor, aber es war ganz offensichtlich, wie der Hase lief. Sie fühlte sich hilflos. Sie heulte ihm die Ohren voll, was ihn aber nicht im Geringsten rührte. »Wir teilen den gleichen Armani-Geschmack. Wir wollen beide nicht dauernd kuscheln, sondern gehen in flottem Tempo und feschem Styling nach dem Sex wieder zur Tagesordnung über. Verstehst du?«, sagte er. Sie ist viel zu alt für dich,« argumentierte sie. »Es imponiert ihr, von einem fast zehn Jahre jüngeren Mann hofiert und begehrt zu werden, und mir gefällt's ebenfalls«, entgegnete er. »Und was wird aus mir und Marie?«, fragte sie weinerlich. »Keine Sorge. Auf ein privates Dauerszenario mit eventuellem Filmriss habe ich keinen Bock. Inge hat sich mit ihrem Ehemann arrangiert. Das sollten wir auch tun«, schlug er vor.

Ihre gutbürgerliche Seite mit konservativem Einschlag rebellierte, ihr Mutterinstinkt stand in Flammen und ihr Sicherheitsdenken meuterte. Sie schwankte zwischen zänkischem und ergebenem Verhalten und fühlte sich dabei entsetzlich. Von Tag zu Tag schmeckte diese Dreiermelange aus Kaffee, Milch und Zucker anders. Mal war sie schrecklich bitter, mal war sie ekelerregend süß, dann wieder war die Milch sauer, und das Gesöff konnte nur noch weggeworfen werden. Aber sie war unfähig, etwas daran zu ändern. Sie hing in ihrem Nest fest und sehnte sich nach einem Wunder. Erich war außer Rand und Band. Er log, er betrog. Er lebte das Verhältnis hemmungslos aus. Manchmal spielte er für kurze Zeit wieder den fürsorglichen Familienvater. Dann wieder blieb er tagelang verschwunden oder hielt sich wochenlang auf Geschäftsreisen auf. Versöhnungsversuche im kinderfreundlichen Hotel scheiterten. Diese Frau ließ sich weder abschütteln noch ausradieren, weil sie Erich noch mehr Luxus und Reichtum versprach, als er selbst generieren konnte. Dora raufte sich die Haare, zumal die Sache nach außen gedrungen war. Familie, Freunde, Nachbarschaft - alle wussten zwischenzeitlich Bescheid. Allen tat sie leid. Alle rieten ihr zur Trennung, sollte Erich nicht schnellstens zur Besinnung kommen. Ihre Erniedrigung war so tadellos wie das Bild, das sie abgab. Sie zögerte weiter, die Scheidung einzureichen, nahm stattdessen ab, kleidete sich neu ein, legte noch mehr Parfum auf als sonst und wackelte mit Erich ins Bett, wenn er Lust signalisierte. Und er - stets empfänglich für weibliche Reize und Wackelpudding - goutierte das. Die Beziehungskarten wurden neu gemischt. Doch das Trumpfass ging wieder an Inge. Dora wurde depressiv. Jeder schüttelte den Kopf. Doras Ursprungsfamilie schritt schließlich zur Tat. Man bot ihr das Häuschen einer soeben verstorbenen Tante an und beorderte sie zurück in den Schoß der Familie. Zwischen ihr und Erich wurden Gütertrennungsverträge ausgehandelt. Er zeigte sich generös. Offenbar beschwingte es ihn, sie loszuwerden, was schmerzlich für sie war. Er hingegen wurde noch anschmiegsamer - wie ein Kater, den keiner am Streunen hindert. Sie verließ ihn schließlich. Marie, die wichtigste Frau in seinem Leben, wie er immer wieder beteuerte, nahm sie mit. Gleich danach buchte Erich mit Inge eine Reise. Liebe ist, wenn eine Louis Vuitton Tasche und ein Armani Gürtel nach Portugal jetten.

Ich erinnere mich, Daniel im gleichen Jahr im Freibad gesehen zu haben. Mira war nicht dabei, obwohl sie sich erst im Herbst trennten. Er verlustierte sich an diesem Sommertag mit einigen Leuten unter einem schattigen Baum, ausgestattet war er mit den für ihn üblichen Accessoires. Sein umherschweifender Blick folgte stets nur jüngeren Frauen, ältere Semester mussten schon ausgesprochen attraktiv sein, um seine Aufmerksamkeit zu erregen. Für mich hatte er in der Regel nur ein wohlwollendes, zwielichtiges Grinsen übrig. Das war seine Art, Wiedererkennen zu signalisieren, was aber wohl eher dem Zigarillo in meinem Mundwinkel und dem Wissen galt, dass wir mehr Gemeinsamkeiten hatten, als uns manchmal lieb war. Ansonsten stand er meiner Person eher gleichgültig gegenüber, obwohl sein Schwanz und meine Muschi vor langer Zeit einmal Vereinigung geübt hatten. Zurück blieb eine seltsame Komplizenschaft. Oft vertraute er mir in aller Kürze Dinge an, die vermutlich nur ich weiß, und gewährte kleine, aber tiefe Einblicke in sein Leben.

»Ich brauche Sex wie die Luft zum Atmen, ein bis zwei Wochen ohne, und ich bekomme kaum noch Luft und eine Laune zum Davonlaufen«, erklärte er mir, als wir uns zufällig trafen und ein Glas Wein zusammen tranken. Bisweilen wusste ich nicht, ob ich über das, was ich da von ihm zu hören bekam, lachen oder weinen sollte. Amüsant aber waren die Gespräche, die wir führten, allemal. Juristen können einen äußerst bemerkenswerten, scharfsinnigen Humor haben und einen aufs Vortrefflichste unterhalten.

An diesem Tag im Freibad, fiel mir auf, dass Daniel auf den ersten Blick noch immer sehr attraktiv aussah und sich dessen auch bewusst war. Trotz leichtem Bauchansatz verkündete seine Ausstrahlung: *Schaut her! Ich habe eine sensationelle Testosteron-Ausschüttung.* Auf mich wirkte er dennoch vor wie ein in die Jahre gekommener Mann. Die verräterischen Spuren des Verfalls waren nicht zu übersehen. Ich fragte mich, und das nicht zum ersten Mal, woher er bloß diese Siegesgewissheit nahm, Frauen seines Alters mit Verachtung zu strafen? An diesem Tag stand ich vor ihm, roch den herben Herrengeruch, den er ausströmte – diese Mischung aus Zigarren und dem Parfum, mit dem er sich überschwänglich besprühte – und ich roch noch etwas anderes. Etwas, das mir einen Schauer über den Rücken, ja, durch den ganzen Körper jagte. Heute weiß ich, dass ich den Tod roch, aber das war mir zu diesem Zeitpunkt nicht klar. Verschwörerisch lächelten wir uns zu. Was hätte ich getan, wenn mir bewusst gewesen wäre, dass dies unsere letzte Begegnung ist? Vermutlich dasselbe.

Die Zeit verging. Hin und wieder fragte ich mich, warum die Magie der Liebe Mira in die Bannmeile eines Mannes geraten ließ, der mehr als zwanzig Jahre älter und bei genauerer Betrachtung ein ziemlich enttäuschendes männliches Exemplar war? Das Leben hat so viele Fragen, die sich oft von selbst beantworten. Ich erfuhr zufällig, welche Umstände ihr junges Leben geprägt hatten, und ahnte plötzlich, was sie in die Arme von Daniel trieb.

Mira war die jüngere von zwei Töchtern eines Topmanagers und einer Mutter, die bis zur Scheidung von ihrem Mann als erklärte Familienfrau agierte. Als Mira dreizehn war, verliebte sich ihr Vater in seine Sekretärin und trennte sich abrupt von Frau und Kindern. An und für sich eine ziemlich banale Geschichte, die nicht notwendigerweise in ein Drama münden muss. Doch Miras Vater erwies sich auch privat als knallharter Geschäftsmann, was durch den Frauenwechsel deutlich zutage trat. Das kleine Haus, in dem Mira und ihre drei Jahre ältere Schwester aufgewachsen waren, wurde verkauft, die Mutter nach beinahe zwanzig Ehejahren mit einem minimalen Unterhalt abgespeist, obwohl beide Töchter bei ihr blieben. Frau Lind mietete sich eine kleine Dreizimmerwohnung, arbeitete wieder als Arzthelferin und gab sich alle Mühe, sich und die Mädchen über die Runden zu bringen. Die Scheidung setzte dieser sanften und zurückhaltenden Frau mächtig zu. Sie brauchte über acht Jahre, um sich davon zu erholen. Der Vater kaufte zur gleichen Zeit eine Villa mit Schwimmbad und großem Garten, heiratete die rund zwanzig Jahre jüngere Sekretärin und lebte fortan völlig anders als zuvor. Auch für Mira begann nach der Trennung ihrer Eltern ein Leben, das sich deutlich von dem unterschied, welches sie bis dahin geführt hatte. Die finanziell sorglose Jugend eines typischen Wohlstandskindes war vorüber. Ihre Schwester, die den Vater einst vergöttert hatte, solidarisierte sich ganz und gar mit der Mutter, brach den Kontakt zu ihm völlig ab, strengte sogar eine Klage gegen ihn an und verzichtete, als sie vor Gericht endlich gewonnen und er sein Einkommen, das er bis dahin unwillig unter Verschluss gehalten hatte, aufdecken musste, schließlich auf alles, was ihr das Gericht zusprach. Mira aber, einst das Lieblingskind der Mutter, hielt die Beziehung zum Vater über alle Widrigkeiten, Blessuren und Schikanen hinweg aufrecht. Sie konnte sich beim besten Willen nicht vorstellen, ihn zu ignorieren oder abzustrafen, ganz gleich, wie mies er sich aufführte oder was ihre Schwester über ihn sagte. Ihr Vater honorierte das, bezahlte weiter ihre Tennisstunden und andere Extras und förderte sie, wo er konnte. Mit achtzehn, gerade das Abitur in der Tasche, zog sie zuhause aus. Sie wollte frei sein, wollte weg vom Kummer der Mutter und dem Zorn der Schwester. Unterstützt vom Vater, kombinierte sie eine Ausbildung in der Modebranche mit einem Betriebswirtschaftsstudium. Knapp dreiundzwanzigjährig schloss sie beides mit Bravour ab. Ihr zielstrebiges Handeln und ihr energisches Auftreten standen in einem interessanten Gegensatz zu ihrem sanften Wesen. Auch ihr Aussehen ließ nicht vermuten, welch enorme Entschiedenheit sie an den Tag legen und wie zielsicher sie den Spuren der Liebe folgen konnte. Verletzungen suchen sich eben auf unterschiedlichste Art und Weise ein Ventil. Ich schätze, dass Daniel einen Schmerz heilte, der tief in ihr verborgen lag. Denn wir müssen unserem Schmerz in einem geschützten Raum wiederbegegnen, um ihn heilen zu können.

ACHTZEHN

Daniel 1998

Daniel saß in seinem Büro vor einer Tasse Kaffee und sinnierte vor sich hin. Ein fabelhafter Urlaub lag hinter ihm. Eine der bezauberndsten Grazien der Venus war seine Weggefährtin gewesen. Der Vers, der den Abendstern beschwor, er wusste schon gar nicht mehr, woher er ihn kannte, klang noch in ihm nach. Mira war eine wundervolle Frau. Er wusste das besser als jeder andere, denn in ihm flackerten viele wilde Flammen. Diese anziehende Frau aber berührte ihn tief im Inneren, brachte einen Ton in ihm zum Klingen, von dem er nicht geahnt hatte, dass er da war. Diese Art von Berührung, die man nicht mit Worten erklären kann, weil sie alles enthält – Liebe, Schönheit, Mut, Gnade, Güte und Wahrheit und zugleich auch Begierde, Leidenschaft, Mutwilligkeit, Trauer, Abgrund und Geheimnis. Er fühlte sich durch sie bereichert und auf eine Weise wertvoll, von der er nicht gewusst hatte, dass es sie gab. Das hatte er gestern im Freibad sogar Constanze anvertraut. Als sie plötzlich vor ihm stand, sagte er: »Stell dir vor, ich habe doch noch die Frau meines Lebens getroffen.« Constanze lachte und erwiderte: »Echt jetzt? Lass mich raten. Zwanzig Jahre jünger, bildhübsch und ein enormer Auftrieb für dein Ego ...« Er hatte ihren Sarkasmus ignoriert und das Gespräch in eine philosophische Richtung gelenkt, ohne weiter auf das Thema einzugehen. Wie immer wurde es eine interessante Unterhaltung. Für ein anregendes Gespräch war Constanze immer gut.

Er griff zum Telefon. Er wollte Mira anrufen und ihr eine Liebeserklärung machen. Doch, wie man ihm mitteilte, hielt sie sich in einer wichtigen Besprechung auf. So verflog dieser Moment ohne jede Resonanz. Stattdessen widmete er sich erneut seinen Akten.

Als er an diesem Vormittag auf die Toilette ging, meinte er, wie schon Tage zuvor, Spuren von Blut in seiner Ausscheidung zu entdecken. Vielleicht bildete er sich das aber auch bloß ein? Er war sich nicht sicher, wollte sich auch nicht sicher sein. In seinem Inneren flammte jedoch eine Unruhe auf, die sich nach und nach zu einem lodernden Feuer entwickelte. Er war kein Dummkopf. Während des Urlaubs in Portugal hatte er mehr als eine Woche lang mit Durchfall gekämpft. Mira hatte es auf die Taschenkrebse geschoben, ihm Diät verordnet und Kohletabletten zugesteckt. Aber auch nach Abklingen der schlimmsten Symptome blieb seine Verdauung, ganz untypisch für ihn, gestört. Manchmal kam sogar ein leichtes Gefühl von Übelkeit hinzu oder der Drang auf die Toilette gehen zu müssen, der dann bis auf eine leicht wässrige Absonderung erfolglos blieb, auch Oberbauchbeschwerden, die sich in einem Ziehen und Reißen äußerten. Außerdem hatte er oft das Gefühl gerädert zu sein, auch wenn er das überspielte.

Der Sommer kam und ging vorüber. Er scheute sich weiterhin, zum Arzt zu gehen. Das Zusammenleben mit Mira richtete ihn innerlich auf. Es beschwingte ihn wie eh und je, sie als Freundin zu haben. Er liebte sie, wie er noch nie eine Frau geliebt hatte. Als das Ende des Sommers nahte, erlitt er eine schwere Gürtelrose, die nur langsam abheilte. Auch als die Beschwerden abgeklungen waren, fühlte er sich schlapp und zerschlagen. Immer häufiger plagten ihn diese seltsamen Verdauungsstörungen, zudem verlor er deutlich an Gewicht. Seine Besorgnis, die er von Mira so gut wie möglich fernhielt, steigerte sich ins Aschgraue. Ein Verdacht begann sich in ihm auszubreiten, der so grauenhaft war, dass er ihn immer wieder wegschob. Etwas aber rief ihm Brigitte Sickler in Erinnerung. Eine untrügliche Ahnung sagte ihm, dass sie die richtige Ansprechpartnerin sein könnte, was seine derzeitige Situation betraf. Er hatte in Asien ungeschützten Sex mit ihr gehabt, obwohl ihre Menstruation noch nicht ganz abgeklungen war.

Er ging zu seinem behandelnden Arzt und verlangte eine Überweisung ins Krankenhaus. Er wollte dort einen Internisten konsultieren, mit dem er seit vielen Jahren eine lockere Freundschaft pflegte. Ach, diese frühen Ewigkeiten, die unser Lebensgebäude verfinstern, das doch noch so voll unentdeckter Träume steckt. Er ging zu Martin Sailer und vertraute ihm sowohl seine Beschwerden als auch seine

Befürchtungen an. Martin veranlasste sofort alle notwendigen Untersuchungen, nahm ihm höchstpersönlich Blut ab, machte mehrere Ultraschalluntersuchungen und schickte ihn zur Darmspiegelung und zum Neurologen. Gleichzeitig aber beruhigte er ihn erst einmal. »Mach dir nicht zu viele Gedanken, Daniel! Das Ganze ist sehr wahrscheinlich vollkommen harmlos. Wir hatten gerade in den letzten Monaten gehäuft Fälle von Gürtelrose. Manchmal hat man einfach eine Phase, in der man anfälliger ist als sonst. Vielleicht bist du ja bloß überarbeitet – oder du lässt dich zu sehr von den Frauen beanspruchen«, fügte er augenzwinkernd hinzu.

Sie vereinbarten, dass Sailer anrufen würde, sobald alle Untersuchungsergebnisse vorlagen. Noch vor Ablauf der vereinbarten Frist rief Martin ihn vormittags im Büro an und sagte knapp: »Kannst du heute Nachmittag zu mir kommen?« Er erwiderte mit stockendem Atem und einem hart gegen seine Rippen hämmernden Herzschlag: »Nun rück schon mit der Sprache raus, Martin! Wie sieht es aus? Wie steht es um meine Gesundheit? Bestätigen sich meine schlimmsten Befürchtungen?« Martin Sailer schwieg einen Moment, dann sagte er ganz ruhig: »Komm heute Mittag vorbei, am besten so gegen zwei, dann reden wir über alles.« Damit legte er auf. Kalter Schweiß brach bei Daniel aus. Er schickte ein flehendes Stoßgebet zum Himmel. Ganz irrational bat er darum, mit einem blauen Auge davonkommen zu dürfen. Wann hatte er das letzte Mal gebetet? Er konnte sich nicht mehr daran erinnern, konnte

sich an gar nichts mehr erinnern, keinen klaren Gedanken mehr fassen. Das Schwert, das ihm den To-
desstoß versetzen würde, raste unsichtbar, aber unaufhaltsam auf ihn zu. Er wusste es. Er war seiner
eigenen Waffe ins Messer gelaufen, hatte zu spät erkannt, dass hinter dem Bedürfnis, zu erobern und
zu siegen, ein göttlicher Auftrag stand, der zur Liebe
und Verantwortung aufforderte. Warum hatte er das
nur missachtet?

Angsterfüllt, aber mit einem Rest von Hoffnung,
verließ er an diesem Vormittag das Büro, setzte sich in
sein Cabrio und brauste los. Vor dem schönsten und
feinsten Zigarrenladen der Stadt bremste er scharf ab,
stellte sein Auto ins absolute Parkverbot, betrat das
Geschäft. Den Duft, der ihn empfing, sog er so be-
gehrlich ein, als wäre es das erste und das letzte Mal
in Einem. Er hatte die Endstation aller Wünsche und
Begierden erreicht, das machte er sich klar. Er war
ein vom Glück Verfolgter. Aber Glück ist manchmal
verräterisch. Er kaufte sich eine Kiste Havannas, setzte sich ins nächste Café, bestellte einen doppelten
Espresso und noch einen und noch einen und noch
einen, immer schön der Reihe nach, wie er dem völlig perplexen Kellner anordnete, und rauchte dazu
die »Selección No. 2« vom Flor de Juan López, die er
an diesem Tag im Zigarrengeschäft vorgefunden hatte. Zu seiner großen Überraschung, denn dieses For-
mat war ausgesprochen schwer zu beschaffen, weil es
nur in sehr begrenzten Stückzahlen hergestellt wurde. Es war eine Robusto, die keine Bauchbinde trug.
Wie passend! Ich brauche sowieso keinen Schnickschnack

mehr, dachte Daniel. *Nackte Tatsachen, so wie ich es mag. Pure und starke Präsenz. Voller Nachhaltigkeit.* Und während die Minuten in trostloser Munterkeit an ihm vorüberzogen, entwarf Daniel, umnebelt von Zigarrenrauch, einen *Schlachtplan der Liebe,* wie er ihn selbst im Stillen titulierte. Zunächst rief er Michael im Büro an. Dann rief er Constanze an. Constanze würde einen Kommentar auf Lager haben, der ihn erheitern oder doch zumindest fatalistisch stimmen würde, und sie würde sich an ihn erinnern, auf eine Art, die sich von anderen Menschen unterschied.

»Hey Michael!«

»Daniel, Mensch, wo steckst du bloß? Du hast einen Termin mit Eugen Scharf verpasst. Was ist los?«

»Michael, du kennst dich doch im Begleitservice aus. Ich brauche so schnell wie möglich die Nummer einer sympathischen jungen Frau, die heute Abend Zeit hat und nicht gleich den Eindruck einer Nutte erweckt. Du weißt, was ich meine.«

»Sag mal, spinnst du, Daniel. Liebt sie dich plötzlich nicht mehr? Im Ernst, was ist los? Hat Mira dich verlassen oder um was geht es eigentlich? Und warum bist du nicht hier im Büro, wo du hingehörst?«

»Frag nicht so viel, sondern hilf mir lieber. Es ist wirklich wichtig. Ich habe meine Gründe.«

Nach kurzem Überlegen gab ihm Michael eine Nummer durch. Wortloses männliches Einverständnis war zu spüren. Daniel bedankte sich, wählte die angegebene Nummer und vereinbarte einen Termin für den späten Nachmittag. Er wollte genügend Zeit haben, um die Angelegenheit in Ruhe besprechen und vorbereiten zu können. Dann machte er sich auf den Weg ins Krankenhaus. Er fühlte sich erschöpft. Im Büro des Oberarztes verdunkelte sich sein letzter, banger Hoffnungsschimmer zur tödlichen Gewissheit, denn Martin redete nicht lange um den heißen Brei herum, sondern kam sofort zur Sache. Gleichzeitig versuchte er, Daniel zu beschwichtigen: »Es gibt zwischenzeitlich recht gute Behandlungsmöglichkeiten und Medikamente. Außerdem müssen wir die weiteren Untersuchungsergebnisse abwarten, um zu sehen, wie weit die Krankheit überhaupt schon fortgeschritten ist.« Sailer klopfte ihm aufmunternd auf die Schulter. »Kopf hoch, alter Junge! Noch ist nicht aller Tage Abend.«

Doch für ihn war aller Tage Abend. In Daniels Kopf drehte sich alles. Seine Kehle war wie ausgedörrt. Er dankte Martin und verließ den Raum, ohne weitere Fragen zu stellen. Sailer verstand das und ließ ihn ziehen. Daniel brauchte jetzt erst einmal Ruhe, um den Schock zu verarbeiten und seine Fassung wiederzufinden. Was Sailer nicht vermutete, nicht vermuten konnte, war, dass Daniel genau wusste, was er nun tun würde, dass er bereits dabei war, die Situation zu regeln. Er tat genau das, was, seiner Ansicht nach, getan werden musste. Er schnürte ein Abschiedspaket für seine Traumfrau, bereitete einen Nachlass der Liebe für Mira vor. Und er übte Verzicht. Etwas, das er vorher nie getan hatte. Er leitete alles in die Wege. In einer aufwändigen und blitzartigen Aktion konfrontierte er Mira noch am Abend desselben Tages mit seiner scheinbaren Untreue und gab damit das Liebste frei, das er je besessen hatte. So machte er aus all seinen Schwächen zuletzt eine Tugend, wurde vom frauenbetörenden Zigarrenmann zum einsamen Ritter der Liebe. Zigar, der Mann, der als dunkler, verführerischer Gedanke vorüberflog wie ein Vogel, den keiner fangen kann.

~ NEUNZEHN ~

Erinnerungen

Mira faxte mir einen Brief, den sie Daniel zweiein-
halb Jahre nach der Trennung geschrieben und in
dem stillgelegten Humidor wiedergefunden hatte.

*Ach Daniel! Ich liebe Dich noch immer. Ich fühle mich
zu Dir hingezogen, auch wenn alles dagegenspricht. Meinem tiefen Begehren nach Dir, das ich zu unterdrücken
suchte, folgte eine erinnerungsselige Hinwendung, die ich
irgendwie nicht aufgeben kann und will. Ich sehne mich
danach, von Dir in die Arme genommen zu werden, mich
an Deiner breiten Schulter anzulehnen wie ein kleines
Kind, das nach seinem Vater verlangt. Du bist ein at-
traktiver Mann, aber das allein kann es nicht sein, denn
ich kenne schließlich noch andere gutaussehende Männer
- und sie lassen mich alle völlig kalt. Naja, nicht alle und
auch nicht völlig, ich gebe es zu. Und doch ist es anders als
bei Dir. Selbst in der Erinnerung löst Du einen wahren
Liebessturm in mir aus. Er tobt in meinem Innern und
macht mich glücklich (wieder - trotz allem, stell Dir vor),
aber manchmal eben auch traurig und sehnsüchtig. So
sehr ich es auch versucht habe, ich kann mich von diesem*

verrückten Sehnen nach Dir nicht freimachen. Du hast, so
könnte man sagen, eine neue Dimension von Liebe in mir
erschlossen. Wenn ich versuchen sollte, es zu erklären, dann
ist es am ehesten etwas wie Heimweh, eine Art unstillba-
res Verlangen nach Dir, das tief, sehr tief in mir wurzelt.
Ist das nicht merkwürdig? Ich glaube, dass wir uns un-
ähnlich ähnlich sind. Beide sehr offen, ziemlich ehrlich, an
Menschen und ihrem Wohlergehen, an Kultur und Kunst
interessiert, wir lieben Kinder und Tiere (obwohl wir kei-
ne eigenen haben), sind freundlich und aufgeschlossen und
doch irgendwie zurückhaltend dabei. Unsere Gefühle stellen
wir nicht öffentlich zur Schau, oder anders ausgedrückt, es
gibt auf den ersten Blick herzlichere Menschen als uns. In
einem vertrauten Gefühlsumfeld aber können wir sehr frei,
ja, überschwänglich sein und tiefe Nähe zulassen. Wir be-
wegen uns gerne - Du natürlich mutiger und verwegener
als ich (ätsch, das liegt nur daran, dass Du mehr Muskel-
masse hast) und gehen gerne und in jeder Hinsicht auf
weite Reisen. Wir sind formgebend, haben Einfühlungs-
vermögen, sind nicht festgefahren, beziehungsweise versu-
chen, uns nicht festfahren zu lassen. Probiert es jemand,
werden wir unglücklich und fühlen uns reduziert. Ja, ich
liebe Dich, obwohl nur das jeweils Gegenteilige uns auf
uns selbst zurückführen soll - wir demnach also kein Paar
sind, das sich begegnet ist, um aneinander zu wachsen und
zu vergehen. Dazu brauche ich andere Männer und Du
andere Frauen, aber es ist schön zu wissen, dass es DICH
gibt. Verzeihst Du mir, dass ich einfach wegging, dass ich
so kopflos reagierte, als ich diese Frau in deiner Badewanne
sah? Von Lisa habe ich erfahren, dass es Dir schlecht geht,
dass Du krank bist. Ich sorge mich um Dich und hoffe und

wünsche, dass es Dir bald wieder besser geht. Mir geht es
gut. Ich habe mich zusammen mit dem Exportleiter unserer
Firma nach New York versetzen lassen. Diese Stadt war
am Anfang mehr als anstrengend für mich. Ein wenig
stimmt, was alle sagen. Wer es hier schafft, der schafft es
überall. Die Stadt ist eine echte Herausforderung. Der hel-
le Wahnsinn. Aber zwischenzeitlich kenne ich den einen
und anderen Nachbarn im Hudson Tower etwas näher.
Ich bewohne dort ein schönes Appartement. Der Obst- und
Gemüsehändler erinnert sich an mich und im Job läuft
es sowieso ganz gut. Viel Arbeit halt, wie üblich in der
Modebranche. Ich hoffe von Herzen, Dich irgendwann
wiederzusehen und mich mit Dir aussprechen zu können.
Ich vermisse Dich. Viel mehr, als ich Dir ich je sagen kann.
Vor allem da ich nicht weiß, ob Du es hören willst. Doch
wo auch immer Du bist, was auch immer Du tust, wen
auch immer Du liebst – meine Sehnsucht und meine Liebe
(!) werden dich überallhin begleiten und in allem wieder-
erkennen. Es grüßt Dich von Herzen Deine Mira

Folgende Zeilen fügte sie dem Fax für mich bei: »Ich
habe Daniel noch mehrmals geschrieben, aber all seine Antworten erreichten mich erst nach seinem Tod.
Offenbar wollte er das so. Ich habe mich zweimal
testen lassen. Zuletzt vor ein paar Wochen. Beide
Tests fielen negativ aus, obwohl wir tatsächlich einmal eine Verhüterli-Panne hatten. Ich bin unendlich
dankbar dafür. Ich gehe davon aus, dass alles in Ord-
nung ist und dass ich sehr viel Glück gehabt habe.
Daniel hat mir viele wundervolle Worte des Trostes,
der Liebe und der Aufmunterung hinterlassen – und

ein Sparbuch, das auf meinen Namen ausgestellt ist. Es befand sich wie alles andere auch in der Schatulle. Die Summe ist riesig. Unglaublich. Was hat er sich nur dabei gedacht? Denk ich zurück, sehe ich ihn und unsere gemeinsame Zeit wie ein tiefblaues Meer im strahlenden Sonnenschein vor mir. Meine Gefühle spiegeln sich auf der Wasseroberfläche. Sich unergründlich kräuselnd, mal blau, mal grau, dann wieder von undefinierbarer Farbe. Sie sind nicht untergegangen oder versunken, aber in der Weite und Tiefe der glitzernden Fluten ohne jegliche Haftung, frei flottierend. Unsere Beziehung lässt sich mit einem schneeweißen Segelboot vergleichen, das wie ein Riesenschwan durch die sanfte Meeresbrise und die unwägbaren Wellen der uns zugebilligten Zeit gleitet, ohne jemals anzulegen. Ich aber brauche Ankerpunkte, das habe ich erkannt. Die Tiefe dieses Wassers war zu tief, so weit draußen auf dem Meer, das war zu viel für mich. Als ich eine andere weibliche Gestalt auf unserem Boot erblickte, sprang ich über Bord und schwamm und schwamm – hin zu einem Ort, wo ich ankern kann. Er hingegen konnte seinen Anker auch im Unergründlichen auswerfen und dennoch ganz bei sich sein. So dümpeln wir, weil wir meinen, etwas verankern zu müssen, damit es uns gehört, obwohl doch alles, wirklich alles in dieser Welt nur Leihgabe ist, jenseits der tiefen Wasser des Lebens. Was bleibt, ist die Erinnerung an das Glitzern der Wellen. Mira Lind, 2. April 2004.«

~ ZWANZIG ~

Die Arie des Todes
2001

Er schlief unruhig in dieser Nacht. Eine Nacht, so durchwirkt, dass der Schein des Mondes sie durchdrang – pflaumenweich in jene Tiefen dringend, in die nur ein Mondstrahl vordringen kann. Im Strickmuster seines Lebens waren riesige Löcher entstanden durch Maschen, die nicht mehr aufgenommen wurden nach ihrem Fall, sondern sich selbst überlassen bis ihr Eigenleben eine Dimension erreichte, die nach Auflösung strebte. Sie ahnte etwas und nahm sich die Zeit, wieder und wieder nach ihm zu schauen.

Die Freunde, am Anfang noch zahlreich in ihrem Erscheinen und mit Büchern, Blumen, diversen Kleinigkeiten und Ratschlägen bewaffnet, waren zur Rarität verkommen. Sie hielten sich fern von diesem zerfallenden Etwas, das einmal voller Kraft, Elan und Esprit gewesen war. Seine Schwester, die auf ihre distanzierte Art vieles regelte, war erschreckend in ihrer nüchternen Sachlichkeit und würde gewiss nicht einfach eine Nacht opfern, um der Intuition einer freiwilligen Krankenschwester Rechnung zu tragen.

Er lag da. Sein Brustkorb hob und senkte sich in fieberhafter Dramatik. Sein Atem ging schwer. Es berührte sie merkwürdig, dass dieses Ein- und Ausatmen trotz der Schwere noch immer etwas Kraftvolles an sich hatte. *Auch noch im Tod bezwingend,* ging ihr durch den Kopf. Auf seiner Stirn standen Schweißperlen, von Minute zu Minute schwitzte er heftiger. Sie machte sich die Mühe, ihn abzutrocknen, obwohl sie keiner dazu aufgefordert hatte. Er zuckte. An seinen Augenbewegungen erkannte sie, dass er träumte. Daniel träumte seinen letzten Traum.

Er sah Mira, jung und wunderschön in einem weißen Brautkleid am Ufer eines Flusses von majestätischer Größe stehen. Sie winkte ihm verzweifelt zu, denn er befand sich mitten in diesem Fluss und kämpfte mit der Strömung, die an ihm zerrte und ihn schließlich mit sich riss und von einem Kraftakt zum anderen trieb. Mira schrie ihm etwas zu. Aber der Wind trug ihren Schrei davon, ohne dass sein Inhalt ihn erreichte. Angestrengt versuchte er, sich gegen die richtungsweisende Macht dieses Stromes zur Wehr zu setzen. Er klammerte sich an Baumwurzeln und Hölzern fest, die aus dieser nur scheinbar trägen Wassermasse herausragten oder auf ihr schwammen. Er kämpfte. Er schrie. Er war voller Anstrengung. Nein, er wollte nicht. Er wollte nicht, der unerbittlichen Gewalt dieses mächtigen Fließens ausgesetzt sein. Er wollte nicht zum kraftlosen oder zum toten Treibgut dieser Wassermasse werden. Doch sein Ringen war vergeblich. Der Fluss war stärker. Er zog ihn mit sich, sodass er endlich erschöpft kapitulierte. An dieser Stelle entwickelte er das dringende Bedürfnis, aus diesem Albtraum erwachen zu wollen. Sein Wunsch erfüllte sich. Einen Augenblick lang schwebte er zwischen Traum und Wirklichkeit. Einen Augenblick lang streifte ihn das Erwachen. Und in diesem Augenblick, genau in diesem Augenblick dämmerte es ihm – und diese Erkenntnis erfüllte ihn mit unbeschreiblichem Glück – ALLES FLIESST. Die Gewissheit war überwältigend. Er ließ sich sinken. Vollkommen beruhigt. Frohgemut übergab er sich dem Strömen dieses Flusses. Übergab sich ausatmend den mondgeschwängerten Gezeiten. Unendliches Vertrauen durchflutete ihn. Alles war gut. Das Meer wartete. Das große, weite Meer. Die tiefste aller Tiefen. Schon sein ganzes Leben lang wartete es. Warum nur hatte er sich so lange widersetzt? Der Fluss war sein Freund. Kein Feind, der an seinem Lebensfaden riss. Der Fluss kannte den Weg, trug ihn. Er floss. Er floss dorthin, wohin alle Flüsse fließen – dem großen Ziel zu, dem Urgrund aller Dinge. Selig tauchte Daniel Baron unter und überließ sich der Bestimmtheit dieses Stromes, der weiter floss wie das Leben.

Als sie am frühen Ende einer langen Nacht an seinem Bett aus einem kurzen Schlaf aufschreckte, hatte die Schmerzlosigkeit wie ein unsichtbarer, unendlich behutsamer Tailleur das Maß aller Maße genommen und es samtweich auf die kurz davor noch zuckenden Schultern und bitterzart auf das eben noch angespannte Gesicht dieses Ruhelosen gelegt und ihm sanft das Reich der ewigen Ruhe geschneidert. Ein

Lächeln lag auf seinem Antlitz, als ob ihn zum Schluss eine grenzenlose Freude durchdrungen hätte.

Krieg es Mira, die er sah? Wie sie mit einem goldenen Schlüssel vor dem geöffneten Tor seines lustvergitterten Herzens stand, ihm zuwinkte und ihn zu sich selbst zurückführte? Wie auch immer. Die reine Energie seines Wesens sammelte sich im Sinusknoten des Herzens, um schließlich als eine Art Kugelblitz ungehindert aus dem Körper in den unermesslichen Weltenraum zu entweichen, wo im Seelenmeer der Ewigkeit Geist den Körper und Körper den Geist durchdringt.

EINUNDZWANZIG

Ein Happy End, wie es das Leben schreibt

Die Zeit stapelte ihre dämpfenden Moltonschichten über das Geschehene. Das Leben ging weiter. Rücksichtslos. Am zweiten Weihnachtsfeiertag 2004 verloren meine Nachbarn ihre geliebte Tochter beim Tsunami in Südostasien. Das Hotel wurde ebenso weggespült wie Sofie, die sich im Augenblick der Katastrophe in der Hotellobby aufgehalten hatte. Wir waren alle fassungslos und sehr traurig. Die Zeit galoppierte weiter. Sie hatte nichts zu verlieren.

Die unglaublich schönen Farben des Herbstes 2008 und das zauberhafte Fallen der Blätter standen im krassen Gegensatz zu den steil abstürzenden Börsenkursen und Bankpleiten. Ein neues Weltrisiko war aufgetaucht, ließ neben den Atomwaffen, dem Terrorismus und dem Klimawandel sein schauerliches Antlitz aufblitzen. Toxische Kredite und unverantwortliche Bankiers und Finanziers tanzten das System an den Abgrund. Trotz aller Turbulenzen und der Angst, die durch die Medien transportiert wurde, plante ich wie so oft eine große Reise. Ich wollte weder der Hysterie meine Aufwartung machen noch mich mit Dingen aufhalten, auf die ich sowieso keinen Einfluss hatte. Trotz aller real existierender Gefahren halte ich es für das A und O, sich dem Leben in Freude hinzugeben, anstatt sich Sorgen zu machen oder den Kopf in den Sand zu stecken. Gelegentlich hörte ich etwas von Mira. Sie hatte ihren Job aufgegeben, war nach Hause zurückgekehrt und betrieb nun ein kleines Modegeschäft. Am 17. Oktober 2008, als der Ausbruch des inneren Bebens und Berstens der Finanzwelt trotz mancher Risse und Verwerfungen durch das rasche Eingreifen und die relativ einmütige Entscheidung der Regierung zunächst einmal gestoppt wurde, erreichte mich eine Karte, auf der mir zwei schöne Menschen glücklich entgegen strahlten. Im Innern las ich folgenden Text:

*Wir feiern am 23. Mai 2009 unsere Hochzeit und
laden Euch herzlich dazu ein.
Die kirchliche Trauung beginnt um 15 Uhr.
Im Anschluss möchten wir zusammen mit Euch feiern.
Wir werden auf einer nahe gelegenen Wiese ein großes
Festzelt aufbauen und
empfehlen deshalb tanz- und wiesentaugliche Kleidung
und Schuhe.
Eine genaue Wegbeschreibung mit allen Adressen und
Übernachtungsmöglichkeiten fügen wir bei.
Über eine Zusage bis Ende des Jahres würden wir uns
sehr freuen. Ben & Mira
Liebe ist ... immer da*

Constanze David

Das ferne Lächeln

Roman

Sie suchte seinen Blick, aber Patrick schien es nicht zu bemerken. Seit ihrer intimen Zusammenkunft hatten sie keine Minute des Alleinseins mehr gehabt. Serap bedauerte das. Sie wünschte sich so sehr, eine Zeit mit ihm allein. Er jedoch schien völlig unbekümmert zu sein. Vor etwa einer halben Stunde waren sie in Mai Sai angelangt, weil Gerd Sager unbedingt Border Crossing machen wollte.

Der Liebesthriller »Das ferne Lächeln« führt zwei Frauen tief in das Innere Thailands hinein.

Um ihrem Lebensgefährten Gerd zu entkommen, tritt Mona mit ihrer jüngeren Freundin Serap eine Reise nach Südostasien an. Während Mona im Norden Thailands mystischen Erfahrungen nachjagt, verfällt Serap immer stärker beunruhigenden Zuständen, die auf ein altes Trauma zurückgehen.

Als die Frauen dem Weltenbummler Patrick Best begegnen, gerät ihr Miteinander vollends aus dem Gleichgewicht.

Die Welt steckt voller Geheimnisse, doch das scheinbar Fremde ist immer ein Teil von uns selbst.

ISBN: 978-3-7460-9855-5
Herstellung und Verlag:
BoD-Books on Demand, Norderstedt